U0024529

官商鬥法
之
12
見獵心喜
姜遠方 著

目錄 CONTENTS

第一章

棋逢對手

劉康心裏對傅華也很佩服，暗地裏幾個回合的博弈下來，
劉康真是有棋逢對手的感覺。
可惜兩人除了開始吳雯曾借助劉康幫助過傅華之外，
其他時候幾乎一直是站在對立面上，
否則劉康還真是想好好跟傅華結交一下。

早上，傅華強打著精神去了駐京辦，剛到辦公室坐下，就接到了趙凱的電話，趙凱在電話裏讓傅華過去他辦公室一趟。傅華不知道趙凱找他幹什麼，匆忙就去了。

進了辦公室的門，就看到趙凱一臉怒色的看著自己。

傅華暗地裏調查吳雯光碟的這件事情是瞞著趙凱和趙婷的，昨晚又被王龍騙走了十萬塊，此刻看趙凱這般臉色，心中便有些發虛。他不敢看趙凱的眼睛，低著頭說：「爸，您找我有什麼事？」

趙凱冷冷的說：「傅華，你眼中還有我這個爸爸嗎？」

傅華愣了一下，他對趙凱向來尊重，翁婿間相處一直很融洽，趙凱突然問眼中有沒有他，這話可說的有點重，傅華自忖並沒有做出什麼對不起趙凱的事情，便說：「爸，您這話什麼意思啊？我對您一直是很尊重的。」

傅華心中隱約覺得趙凱這麼說，可能是他發現自己在私下的調查了，終究心虛，還是沒敢去看趙凱。

趙凱厲聲說：「你看著我，你做了什麼自己不知道嗎？」

傅華抬起了頭，他雖然很尊重趙凱，可是對趙凱用這麼呵斥的口吻感到十分的不高興，他說：「爸，我沒做什麼啊。」

趙凱瞪著眼睛對傅華說：「你沒做什麼？那你一下子提走十萬塊幹什麼去了？」

傅華詫異的看著趙凱，說：「爸，你調查我？」

趙凱點了點頭，說：「我也不瞞你，我是查過你的銀行戶頭，你一向很少花這麼多錢的，上一次你提走二十萬，就是跟那個什麼小田的做交易，這一次我想肯定也是與此有關。你跟我說實話，你是不是又開始調查吳雯那件事情了？」

原來趙凱那天見到傅華晚歸，就感覺傅華神態之間有些問題，他很擔心傅華，就對傅華的事情格外留意起來，又看傅華突然提走了十萬塊，就更感覺傅華要做什麼事情了。

傅華低下了頭，說：「對不起啊，爸，我是在查這件事情，不查個水落石出，我總覺得對不起吳雯。」

趙凱火了，叫道：「胡鬧，你要我跟你說多少遍你才罷手啊？你不知道劉康那個人心狠手辣嗎？真要出了什麼事情，你要小婷怎麼辦啊？你對不起吳雯，難道你就對得起小婷了嗎？公安都查不出來，你逞什麼英雄啊？這世界離開你就不轉了是嗎？」

這還是趙凱第一次在傅華面前發這麼大的火，簡直都可以用暴跳如雷來形容了，傅華心知這是趙凱關心自己才會這樣子的，他不能去反駁什麼，只好低著頭聽著趙凱訓斥。

趙凱罵了一會兒，也覺得自己有些失態，停了下來，說：「傅華啊，我是當你做兒子的，我這麼說你，也是不希望你有什麼閃失。」

傅華點了點頭，說：「我知道，爸。」

趙凱平靜了一下，說：「你知道就好，這十萬塊，你是打算怎麼用啊？」

這十萬塊錢已經被王龍搶走了，傅華不敢再隱瞞，只好一五一十把昨晚發生的事情跟趙凱講了一遍。

趙凱聽完，狠狠瞪了傅華一眼，說：「你真行啊。」

傅華忙說：「我回頭就去報警，這十萬塊錢損失不了。」

趙凱再一次火了，叫道：「這不是十萬塊錢的問題，你想過沒有，當時夜深人靜，你孤身犯險，一旦對方下手狠一點，你的小命就玩完了，知道嗎？你有沒有腦子啊，這件事情你怎麼不跟我商量一下啊？」

傅華低著頭說：「我主要是因為爸爸不讓我查這件事，所以也沒敢跟你說。」

趙凱氣說：「你卻敢自己去冒險。」

傅華垂頭喪氣地說：「對不起啊。」

趙凱沒好氣地說：「好啦，事情既然已經這樣了，十萬塊我們家還損失得起，不用報什麼警了，你就給我到此為止，不准再給我查下去了。」

傅華仍有些不甘心，說：「可是……」

趙凱打斷了傅華的話，叫道：「沒什麼可是的，顯見那個王龍手裏並沒有什麼證據，你也沒查下去的線索了。再說，還不知道王龍這個名字是真是假呢，他真要騙你，是不會跟你說真名的。就算你報警了，到頭來還是一件無頭公案。」

傅華為難地說：「爸，可是就這麼放手，我不甘心啊。」

趙凱罵道：「你是不是非要搭上自己的一條性命才甘心啊？我跟你說，王龍這還是小把戲，頂多騙你點錢了事，如果再把劉康惹出來，還不知道他會做出什麼事情呢？行了，這件事情就到此為止了，不准再查下去。」

傅華只好說：「好吧，我不查就是了。」

趙凱看了看傅華，他知道傅華雖然嘴上答應，可是心不甘情不願的，便說：「我警告你，傅華，如果我再發現你陽奉陰違，別說我不認你這個女婿。」

趙凱的話說得很堅決，傅華雖然不願意，可也無可奈何，只好嘆了一口氣，說：「好的，我再也不查了。」

趙凱說：「行了，你回去吧。」

傅華離開了趙凱的辦公室，心情越發鬱悶，雖然趙凱是為了他好，可是不能解開心中這個疙瘩，放任劉康逍遙法外，他心裏總是不痛快。

傅華開著車茫然的往回走，下一步要怎麼辦？真的就到此為止了嗎？他不覺把車開到了曉菲的四合院。

傅華剛要下車，忽然意識到自己不應該來這個地方的。自從那次傅華跟曉菲在情難自禁的情況之下越軌，雖然曉菲說不想讓傅華有什麼心理負擔，可是這可不是曉菲能夠說了算的。

這種行為完全逾越了傅華從小受過的教育規範，讓他一想起來就覺得自己是在犯罪。可是事情已經發生了，覆水難收。傅華也不敢主動跟趙婷承認這件事情，這件事就成了傅華心頭的一塊大石，壓得他透不過氣來。

因此在深自反省之後，傅華越發感覺自己不應該再去見曉菲，他不敢去面對曉菲，總覺得自己對趙婷是辜負，對曉菲也是辜負。於是，傅華選擇了一個一般男人在此刻通常會做的事情，那就是逃避，他像懦夫一樣不去想這件事情，不去見曉菲，也不主動給曉菲打電話。

曉菲不知道是明白傅華這種心情，還是不想給他壓力，在傅華避不見面的這段時間內，她也是沒打過一通電話來，彷彿當初那一幕根本沒發生過一樣。

但是這一切真的能夠像沒發生過一樣消失嗎？顯然是不能，因此在傅華無意識之間，他再次來到了這個四合院門前。

上次已經發生過一回這樣的事，傅華明白自己心中還是有曉菲的位置的，他很想跟曉菲坐在一起，談天說地，互鬥嘴舌，那種精神上的快樂是成天待在家中無所事事的趙婷所不能給予他的。

但這也不是說傅華就覺得趙婷不好，趙婷愛他愛得死心塌地，雖然某些方面不盡完美，可是在傅華心中的位置也是很重，由於婚姻的關係，趙婷的位置甚至比曉菲更加重要。

執子之手，與子偕老，這是傅華當初對趙婷鄭重許下的承諾，這個承諾他要守一輩子的。傅華心中對曉菲就不得不說遺憾了，他準備掉轉車頭，離開四合院。

恰在此時，後面上來一輛車，四合院的胡同本來就窄，傅華和來車一下子錯不開身，只好打直方向，把車子往前一些，好給後車騰出位置來。

後車開到了四合院的門口停了下來，曉菲從車上下來，站在那裏，臉上帶著笑容，眼睛直直的看著傅華的車。傅華呆住了，心中暗自叫苦，在這種狀況下，他走也不是，不走也不是，不由得後悔不該將車開到這裏來。

傅華知道不能這樣一句招呼不打就離開，只好下了車，笑著說：「我原本看你的車不在，知道你不在裏面，就想等改天再來。」

曉菲看看傅華，說：「我這不是來了嗎，進去吧。」

傅華不好再說什麼，硬著頭皮跟曉菲走了進去。

服務員看到傅華，打招呼說：「傅主任可是有些日子沒過來了？」

傅華尷尬的說：「最近工作忙了一點。」

服務員扁了扁嘴，說：「總不成忙到連吃飯的時間都沒有吧？」

傅華被嗆了一下，只好乾笑著跟曉菲進了廂房坐了下來。服務員進來倒了茶，就退了出去。

傅華想對自己這段時間沒來跟曉菲解釋一下，可是想了半天，又不知道該怎麼解釋，他跟曉菲出軌後，好長時間連個電話都沒有，不知道曉菲在心中要怎麼恨他了。事情是兩個人一起做的，傅華沒有理由把曉菲放在一邊不聞不問。

傅華只好看了看曉菲，說：「曉菲，你最近好嗎？」

曉菲臉上沒有絲毫的幽怨，反而溢滿了笑容，說：「你說我好不好？我很好啊。」

傅華以為曉菲是在說反話，便低下了頭，說：「曉菲，你知道的，我……」

曉菲打斷了傅華的話：「傅華，你不用跟我這個樣子，你並不虧欠我什麼，再說，我是真的很好，倒是你，這些日子沒見，感覺憔悴了很多。是不是心裏的關很難過啊？」

傅華苦笑了一下，他感覺自己還是差這個古靈精怪的女子一點，他就是沒有她這麼豁達開朗。

「好啦，傻瓜，我不想你把這件事情弄得這麼沉重，知道嗎？我現在什麼都很好，就是有些時候挺想你的。」說著，曉菲伸手出來，攏住了傅華的脖子，探頭就親上了傅華嘴唇。

曉菲的嘴唇涼涼的，最初碰到的時候，傅華猶如被電了一下，情不自禁貪婪的噙住，舌頭就和曉菲的香舌絞纏在一起，忍不住吮吸起來……

但是很快，理智再次回到了傅華的頭腦中，他輕輕地推開了曉菲，說：「曉菲，我們不應該再這樣的。」

曉菲有趣的看著傅華，說：「傻瓜，你再次出現在這裏，我還以為你想通了呢。看來你還是過不了自己那一關。」

傅華苦笑了一下，說：「沒辦法，人總是要有責任感的。」

曉菲也苦笑了一下，傅華如果是一個沒有責任感的人，她也不會喜歡他的，可是這種責任感，反過來卻成了他們之間關係進一步發展的障礙。

曉菲知道這個結是在傅華心裏，是傅華幾十年來的教育形成的，想要打開，除非傅華自己想通了，她是無能為力的。

這一切就要隨緣了，幸好自己已經得到過了，因此也就無需苦纏下去，隨緣就好了。

曉菲便說：「好啦，傅華，我又沒逼著你做什麼，不要老是苦著臉了。」

傅華說：「曉菲，你還是比我強一點，你就看得比我開。」

曉菲笑笑說：「傻瓜，我比你看得開，是因為我不是夾在中間要做出抉擇的那個人。不要老說這些了，你最近還好嗎？」

傅華搖了搖頭，說：「很不好，現在才發現在很多事情面前，我根本就是束手無策。以前我覺得只要我有恆心，沒什麼事情是做不到的，現在才發現我的力量實在很渺小，一點小事我都做不好。」

曉菲關心地說：「怎麼這麼沮喪啊，工作上遇到麻煩了？什麼事啊，說來聽聽。」

傅華說：「不是工作上的，你還記得我上次出車禍嗎？」

曉菲說：「當然記得，那一次差點嚇得我半死，跟那一次有關嗎？」

傅華點了點頭，接著將昨晚被王龍耍了一道的事講給了曉菲聽。

曉菲聽完，花容失色，不滿的說道：「傅華，你怎麼這麼冒失啊？這真要出點什麼事情，大半夜的，連個救你的人都沒有。你膽子也太大了，怎麼也不找個人照應著些呢。」

傅華嘆了口氣，說：「我現在也覺得自己這麼做欠缺考慮。」

曉菲說：「你這十萬塊的窟窿補得上嗎？要不要我給你拿十萬塊先填上？」

傅華有些感動，伸手輕撫著曉菲的面龐，說：「錢不是問題，不需要從你這兒拿。曉菲，你對我真是太好了，可是我卻不能為你做些什麼。」

曉菲溫柔地說：「不要這個樣子了，我們相互喜歡可不是為了要害對方痛苦的。我不要求什麼，只要能常看到你就好了。」

曉菲又說：「傅華，我覺得案子的事情你收手吧，太危險了。」

傅華苦笑了一下，說：「我現在就是不收手，案子也查不下去了，最後一條線索已經斷了。」

曉菲勸傅華說：「傅華，有時候你應該多跟我學一下，要豁達一點，什麼事情解決不了就先放下，老放在心上你會很痛苦的。」

傅華笑說：「曉菲，這就是你比我高明的地方，我就是無法做到這一點。」

曉菲刮了傅華鼻子一下，說：「要不怎說你是個傻瓜呢。」

海川，西嶺賓館，劉康在辦公室接到了北京的電話，電話是他的手下老王打來的。老王是小田背叛劉康之後，接替小田的。

老王說：「劉董啊，有個情況需要跟你彙報一下。你不是讓我們留意海川駐京辦的主任傅華嗎？昨晚有一個很特別的情況。」

劉康緊張了起來，自從小田和傅華一起被撞下山坡之後，劉康對傅華的動向就很關注，他知道傅華肯定更加痛恨自己，必然會在背後想盡一切辦法來對付自己，因此他讓老王多注意傅華的行蹤，如果發現什麼及時彙報。

劉康問道：「什麼情況啊？」

老王說：「是這樣，昨晚半夜時，傅華突然離開家，去了天萌酒吧，到了那兒，不一會就和一個人一起上了車，在車裏不知道嘀咕了些什麼，就見那個人匆匆忙忙下了車，逃走了。」

劉康問：「你們就沒湊上去看看究竟是怎麼回事嗎？」

老王說：「沒有，當時已是午夜，街上都沒有行人了，我們如果湊得太近，肯定會被傅華發現的。」

劉康又問：「那你們有沒有注意到那個上了傅華車的人，長什麼樣子？」

老王說：「沒看得很清楚，只是遠遠地看到那個人臉上好像有一塊刀疤，似乎在鬢角那裡。」

老王這班人馬跟小田那幫人並無太多交集，因此他並不認識刀疤臉。

劉康驚叫了一聲，說：「刀疤臉？」

老王說：「劉董認識這個人？」

劉康說：「是不是年紀不大，看上去很凶狠的一個人？」

老王想想說：「好像是。」

劉康說：「那就是了，他肯定是小田的朋友刀疤臉，是小田的一個鐵哥們，小田曾經帶他來見過我。這傅華還真是能折騰，竟然能夠把他挖出來。不用說，傅華找刀疤臉肯定是想尋找小田遺留下來的東西。」

老王問說：「劉董是說，傅華找這個刀疤臉是想從他那裏拿到小田留下來的光碟？」

劉康點點頭說：「我估計很可能是，這個傅華還真是聰明，竟然能想到小田可能還留有備份，我都忽略了這一點。」

說到這裏，劉康心裏對傅華也很佩服，兩人雖然沒有正式見過面，可是彼此算是針鋒相對的對手，暗地裏幾個回合的博弈下來，劉康真是有棋逢對手的感覺。

可惜兩人除了開始吳雯曾借助劉康幫助過傅華之外，其他時候幾乎一直是站在對立面上，否則劉康還真是想好好跟傅華結交一下。

劉康當然不能坐視傅華從刀疤臉那裏拿到光碟，便接著問道：「老王，你們注意到刀疤臉交了什麼給傅華了嗎？」

老王說：「這個倒沒看清楚，不過後來發生的事情就很詭異了。」

劉康詫異的問：「詭異，怎麼詭異了？」

老王說：「好像是刀疤臉跟傅華談僵了，他下車的時候是用刀指著傅華的，好像還搶走了傅華什麼東西，所以他下車時是匆忙逃跑的。」

劉康愣了一下，他是老江湖了，很快就想清楚了其中的來龍去脈，他說：「那肯定是刀疤臉手中並沒有能夠讓傅華滿意的東西，傅華可能是想用錢來買這件東西，我如果猜得沒錯的話，刀疤臉最後搶走的肯定是傅華的錢。」

老王說：「哦，是這樣啊。不過劉董，這還不是最詭異的，最奇怪的是，我們本來想跟上去看看刀疤臉究竟做了什麼，可是沒想到刀疤臉跑出一段距離之後，被兩輛車給逼停了下來，上面下來幾名大漢，將刀疤臉給抓走了。」

「什麼，還有一幫人在盯著傅華和刀疤臉？」劉康本來已經放下來的心再次懸了起來，忍不住驚叫了起來。

老王說：「對啊，劉董，這就是這件事情最詭異的地方，我們一開始根本就沒注意到還有一幫人馬在一旁監視著。」

劉康急切的問道：「知不知道他們是些什麼人啊？你們沒跟上去看看究竟是怎麼回事？」

老王說：「我們本來是想跟上去的，可是這幫人似乎知道我們是幹什麼的，他們抓走了刀疤臉之後，一輛車帶著刀疤臉開走了，另一輛車就留在現場，盯著我們的車不放，當時我們車上只有兩個弟兄，勢單力孤，不敢貿然行動，只好先撤了。」

這兩輛車背後肯定有高人啊，有組織有作戰調度，劉康這下子真正緊張了起來，他本來以為自己是螳螂捕蟬的螳螂，沒想到身後還有一雙眼睛，還有一隻等著吃自己的黃雀。

劉康後背有些發緊，原來真正可怕的對手在自己身後呢。

劉康問道：「那你們看到對方的車號沒有？」

老王說：「對方的車號是蒙著的，根本就看不清楚。」

劉康說：「那那些人看上去像不像警察？」

老王說：「不像，對方看上去似乎也是道上的人，根本就不像警察。」

劉康鬆了口氣，雖然他不知道背後這幫人馬是什麼來歷，又有什麼目的，但能夠判斷出不是警方的人，就還可能有挽回的機會；如果是警方的人順藤摸瓜摸到刀疤臉，那自己離完蛋真是不遠了。

不過，即使不是警方的人，劉康也不敢掉以輕心，不管怎麼樣，這幫人肯定是來意不善的，只能是對手而非朋友。

劉康說：「老王，馬上調動你手下所有的人馬，一定要把這幫人的來路搞清楚，同時幫我跟朋友們傳下話去，誰能提供這幫人的消息，我重重有賞。」

老王說：「我明白，我馬上就去做。」

但是令劉康意外的是，即使他動員了所有能動用的黑白兩道的力量，也沒能打探出這幫人的來路。

白道上的朋友跟劉康說，查不到那晚上還有警方或者其他公檢法部門有過什麼行動；而黑道上的朋友則說，根本就不知道有這麼一幫人。這兩道上的消息綜合起來，就好像這幫人根本就不存在似的。

劉康有些傻眼了，難道這幫人來無影去無蹤嗎？還是北京最近崛起了什麼新興的力量了？

越是查不到，劉康就越是心中沒底，他不能放任事態這樣發展下去，像他這種人，做過太多違法的事情，是不可以在背後留著這樣一個對手的。

找不到這幫人的來路，劉康就讓老王把刀疤臉給找出來，想要設法控制住刀疤臉，或者從刀疤臉那裏摸到那幫人的來路。

但是劉康再次失望了，刀疤臉自那晚被那幫人抓走了之後，就再也沒出現過，不但不到天萌酒吧去了，找到他家裏，他家裏的人也說好長時間沒見過他，不知道跑去哪裡鬼混了。因為刀疤臉常會一段時間不知道去向，因此他的家人對他的失蹤並沒在意，也沒有報警。

劉康估計刀疤臉要不就是還被那幫人馬控制著，要不就是搶了傅華的錢，怕傅華報警而躲出去避風了。

劉康也曾懷疑這一切是傅華在搞鬼，可是在一段時間的觀察之後，劉康打消了這個懷疑，傅華再也沒有做什麼繼續調查的行為，變得本分起來了，除了上下班，根本沒有什麼別的動作。

劉康知道完蛋了，這不知來路的對手似乎什麼都佈置得滴水不漏，就等找出自己的罩門，然後再給自己致命的一擊。雖然現在看上去很平靜，似乎沒什麼危險，實際上卻已是危機四伏了。

人為刀砧，我為魚肉，這種感覺可是不好受，劉康睡覺都睡不安穩了，他明白自己已經走入了背運中，自從吳雯出事後，他就開始有這種走背運的感覺，而今遇到的這個神龍見首不見尾的對手，可能更是他這一生最大的背運了。

劉康在社會上縱橫了大半輩子，他能屹立不倒這麼多年，還能賺得這麼多的財富，自然有他過人之處，最主要的是他很懂得掌握時機，知道什麼時候能做，什麼時候又該韜光隱晦。

他自然不甘心就這麼任人宰割，慶幸自己見機得早，早就做好了移民海外的準備。現在他的移民手續已經辦得七八成了，他要趕緊打電話給辦移民的律師，要他加快進度，趕緊把手續辦完。只要移民手續辦完，他就可以趕緊結束國內的業務，儘快移居到國外去。到那時候，自己就是外國公民，就算有人抓到了什麼把柄，也不能拿自己怎麼辦的。

如意算盤

鄭勝臉色立時一變，在這次競標當中，
他最擔心的就是伍弈，伍弈是最有實力能跟他爭的，
他知道伍弈初入這個行業，還不知道這個行業的深淺，
如果憑著初生牛犢不怕虎的勁頭胡衝亂撞，肯定會打破他的如意算盤。

談紅打電話來，說：「傅主任，不會是讓藍龍蝦嚇得不敢來了吧？」

傅華這才意識到這幾天因為王龍的事情心煩，把一些該處理的事情都給擱置了，連忙歉意的說：「不好意思啊，談經理，我手頭最近的事情太多，就把你這邊的事給忘了。」

談紅不高興的說：「沒這樣的吧，求我們的時候，你看你急的，恨不得讓我們立馬就能給你們抓來一家公司，好拯救你們的海川重機。現在我們給你們找來公司了，可你們卻不痛不癢起來，怎麼，還等我們證券公司來求你啊？」

傅華連忙抱歉地說道：「不好意思，我最近真的忙糊塗了。對不起。」

談紅抱怨說：「光會說對不起有什麼用，你的做法實在太氣人了，要不是潘總交代的事情，我才懶得理你呢。」

傅華心想這談紅年紀不大，脾氣卻不小，不就是幾天沒跟她聯繫，有必要這樣子嗎？還是她想吃藍龍蝦想瘋了，自己沒有儘快安排惹惱了她？

不過，眼下他是求人辦事，不得不低頭，便說：「改天我再專程去給談經理道歉，今天你找我是有什麼指示嗎？」

談紅說：「專程道歉就不必要了，你準備準備，下午利得集團人要過來，他們想跟你們接觸一下。下午三點過來吧。」

傅華趕緊說：「好，好，我馬上準備，謝謝了。」

談紅連一句不用客氣都沒說，就扣了電話。傅華心裏十分彆扭，心想這算什麼啊，不就求她辦一點事情嗎，有必要這麼拿喬嗎？

氣歸氣，傅華也知道這段時間自己被王龍的事弄得無心工作，多少有些理虧，因此趕緊找出海川重機的資料來熟悉了一下，以便下午跟利得集團談海川重機的情況。

下午，傅華去了頂峰證券，他提早到了十五分鐘，談紅正在辦公室看文件，見到傅華，只示意傅華自己坐，就不再理傅華，低頭繼續看她的文件。

傅華心中又氣又好笑，只好坐在那裏等著。

利得集團的人來得比預定的時間晚了半個多小時才到，傅華足足在那乾坐了四十五分鐘，真是又氣又悶。

利得集團派來了兩個人，一個四十多歲的中年男子，戴著眼鏡，顯得文質彬彬，是利得集團的副總經理，叫孫健；另一個則是一個二十七八歲的男子，是孫健的助理，叫楊陽。

相互介紹完了，孫健對談紅說：「真是抱歉啊，談經理，路上堵車，來晚了。」

談紅有些不高興的說：「堵車也先打個電話來嘛，人家海川駐京辦的傅主任可是已經等了你將近一個小時了。大家都很忙的，你這麼浪費我們的時間，可真是不應該。」

傅華沒想到談紅擺給利得集團的人也是一副臭面孔，開始覺得好笑起來，原來這個女人就是這麼副臭脾氣，她發作生氣倒不是完全針對自己。

孫健沒想到談紅會這麼說，臉上便有些尷尬，不過，他終究是在商場上打滾多年的人，化解這種尷尬很有經驗，便對傅華說：「原來傅主任早就到了，害你等這麼久，真是對不起啊。」

傅華自然不敢像談紅那樣給孫健臉色看，他還想讓利得集團接下海川重機這個盤子呢，便笑了笑說：「孫總客氣了，我也沒等多久。」

談紅還是沒好氣的樣子，說：「好啦，已經耽擱這麼久了，我們就趕緊開始吧。我下面還有個會議等著要開呢。」

傅華和孫健相視了一眼，傅華便笑笑說：「既然談經理著急，我們就趕緊開始吧。」

傅華就開始說明海川重機的情況，講完之後，又談了海川市目前的想法。然後孫健也說明了利得集團的情況，以及他們對海川重機重組的設想。

雙方都做了記錄，他們都不是能做決定的人，需要回去跟相關領導彙報。

談完後，孫健帶著楊陽就要離開。傅華想留他們一起吃飯，孫健說他們接下來還有安排，傅華就不好再挽留，和談紅一起將孫建兩人送走了。

送走了孫健，傅華就向談紅告辭，他一方面不想看談紅的臉色，另一方面，談紅也說她下面有會議安排，再耽擱下去似乎有些不識趣。

談紅看了看傅華，說：「你這麼急著走幹什麼？」

傅華說：「談經理下面不是有會要開嗎？我就不耽擱你了。」

談紅冷笑的看了傅華一眼，說：「傅主任，你不會把我說的每句話都當真吧？」

傅華愣了一下，說：「你等會兒沒有會議嗎？」

談紅說：「當然沒有了，我只是氣不過那個孫健來晚了，還一副趾高氣昂的樣子。他們利得集團又不是救世主。」

傅華笑說：「人家不是跟你道過歉了嗎？」

談紅不屑地說：「他那種道歉，根本上就沒一點誠意。」

傅華看看談紅，說：「談經理，我真是服了你了，你就不怕惹惱了孫健，我們這筆生意會泡湯？」

談紅說：「他們如果真的想跟你們合作，我態度再不好，他們還是會跟你合作的；反之，他們如果不想跟你們合作，我就是給他跪下來，他也是不會跟你們合作的。這裏面關鍵的不是我的態度，而是他們是否有利可圖。」

傅華搖搖頭，說：「我不知道你是怎麼想的，反正我是覺得，你不夠尊重對方的話，就算合作了，也會很彆扭。」

談紅笑了，說：「你是在擔心我害你們合作不成是吧？」

傅華老實地說：「是有點。」

談紅不以為意地看了一眼傅華，說：「你不會這麼幼稚吧？你難道看不出來，那個孫健實際上是故意要晚到的？他如果尊重你們，也會跟你一樣提早到的。商業會面，準時是一個基本禮儀，我們約的時間又不是上下班的巔峰時間，堵什麼車啊，根本上他就是覺得利得集團比你們海川重機要高一等，想在心理上壓你們一頭，爭取在日後談判中的優勢地位。」

傅華笑了，說：「他不會想的這麼複雜吧？」

談紅搖了搖頭，說：「你真是太容易相信別人了。不過有一點你放心，我們跟利得集團的老總特別推薦過你們的海川重機，我想起碼孫健不敢因為我慢待了他，就從中作梗。」

傅華心想：原來她心中是有底氣，才敢這麼對待孫健的，心裏不由得也佩服談紅，年紀這麼輕，卻能做什麼都進退有據，還真是一個厲害角色。

傅華笑笑說：「那真要謝謝談經理了。」

談紅說：「不要空口感謝了，今晚如果你沒有什麼行程安排，就留下來兌現你原來的承諾吧。」

傅華聽了，笑說：「原來談經理還在想著你的藍龍蝦啊？」

談紅說：「廢話，為你們做了這麼多事情，一頓藍龍蝦怎麼說也值了。就趁今天你在這裏趕緊兌現吧，否則還不知道你又會多長時間不露面了。」

傅華原本就準備今天會面結束之後，請利得集團的人吃飯的，因此晚上並沒有做什麼安排，便點了點頭，說：「好好，我今晚一定請談經理吃藍龍蝦，省得談經理牽腸掛肚的。」

談紅接著說：「先上來坐一下吧，我還有些與這次重組的事情要跟你談。」

傅華就跟談紅上去她的辦公室，談紅跟傅華談了一些海川重機重組要注意的事宜。談完之後，談紅別有含意地說：「傅主任，這次重組一旦啟動，對你來說將是一個大好的機會啊。」

傅華愣了一下，說：「這不過是我的本職工作而已。」

談紅說：「別裝了，別告訴我你不清楚股市上內幕消息的含金量。」

傅華當然知道掌握股市內幕消息意味著什麼，一個掌握股票內幕消息的人，可以清楚知道下一步這個股票的走勢，也就可以根據這個走勢來做投資操作，從中牟取暴利。

傅華感覺自己受了侮辱，談紅根本就是在說他會利用這次重組謀取自己的利益，他面色嚴肅地看著談紅，說：「談經理，你太小瞧我傅華了，我要賺錢也是正當的賺，這種橫財我沒興趣。」

談紅語帶諷刺地說：「真有意思啊，傅主任，你看你這一身行頭，名表、名牌休閒裝，還開著名車，可別跟我說這都是你自己努力賺來的。」

傅華冷冷說：「原來是我這一身行頭讓談經理誤會了，你說對了，這些還真不是我自己努力賺來的。不過，這也不是靠橫財來的，我比較幸運的是，我娶了一個好老婆，我老婆是通匯集團的千金，這下可以解釋得過去了吧？」

談紅笑說：「原來是通匯集團的駙馬爺啊，失敬了。」

傅華感覺談紅說這話腔調怪怪的，心裏很不舒服，就說：「我知道談經理的意思，你是在說我是吃軟飯的就是了。」

談紅笑笑說：「這你可誤會我了，我覺得婚姻是一種因緣際會，你能找到這樣一個好老婆，也是你的運氣，能上吃軟飯也是一種福氣啊。好啦，我說你掌握內幕消息倒不是說你一定會怎麼樣，一個重組案不可能一蹴而就，時間會很漫長，裏面會牽涉到很多人、很多部門，知情者眾多，肯定會有人從中渾水摸魚的，這也是防不勝防的。我跟你說的意思是，你如果真想從中謀取什麼利益，我也不反對，只是小心一點，不要太過張揚，我可不希望影響了這次的重組操作。」

傅華問談紅：「你們想要炒作海川重機？」

談紅說：「當然了，在重組過程中需要很多操作的，可不是簡單的把你們和利得集團捏合在一起就行了。利得集團要進入海川重機也需要一個合適的價位、合適的切入點才行。不過，我們會在法定範圍內操作，這一點就請你不要多想了。」

傅華說：「希望你們遵守相關的法律規定。至於我，我可以保證，我不會利用掌握的內幕消息為自己牟利的。」

談紅笑說：「你真的不用跟我保證什麼，我也不會拿你的保證當回事情，多少人表面上說得很好聽，背地裏還不是照樣做小動作？現在這種社會，我們也只能睜一隻眼閉一隻眼，只要不損及我們的利益就好了。」

傅華說：「不管你相不相信，我都是不會做的，好了，時間也不早了，我們是不是可以出發去吃你的藍龍蝦了？」

談紅笑了，說：「好哇，我收拾一下就出發。」

傅華並沒有去過藍韻吧，進門之後，饒是他進過很多豪華的酒店，還是感到了一絲震撼，餐廳門口，一座來自布列塔尼群島的藍色龍蝦雕塑，栩栩如生且充滿幽默感；餐廳內，在落地玻璃窗的反射下，從天花板懸垂而下的藍色水晶天幕發出柔和的光芒，營造出夢幻般的效果，整個空間彷彿晴朗夜空，星光燦爛。

餐廳主色調是藍色，氣氛十分的寧靜，倒是很貼切藍韻的主題。

這確實是一家令人心動的餐廳，傅華笑說：「難怪談經理這麼想來吃龍蝦，這裏果然是品味非凡。」

談紅說：「我這次可要狠狠地宰你一刀，你的錢包帶著吧？」

傅華笑了，說：「放心吧，我不會玩落跑偷溜那一招的。」

談紅笑著說：「那就好。」

兩人點了餐，又開了一瓶霞多麗紅酒。

開胃菜就很令人驚喜，蔬菜汁加盛在青檸檬中的生蠔，配以帶有爆炸口感的跳跳糖，這種感覺清新跳躍，讓人充分體會到廚師充滿創意的靈感。主菜自然是美味絕倫的藍龍蝦，龍蝦擺在盤中，就像一份精美絕倫的藝術品，幾乎讓人無法動刀叉。

談紅吃著龍蝦，問說：「你知道最早這個龍蝦是給誰吃的嗎？」

傅華笑說：「不是很清楚，逃不掉是給王公貴族們吃的。」

談紅說：「其實最早在法國，藍龍蝦是給身分低賤的僕人吃的，甚至有法律規定，一周不能給僕人吃兩次藍龍蝦，否則就會被視為虐待。」

傅華笑了起來，說：「這種虐待我倒寧願多受一點。」

談紅笑說：「呵呵，誰不願意啊。」

傅華說：「看來談經理真是很懂得吃啊。」

談紅說：「人辛苦賺錢幹什麼，還不是為了享受的好一點？」

傅華說：「那倒是。」

談紅看著傅華，說：「誒，傅主任，我想請問你，進入豪門是一種什麼感覺？是不是特別愜意啊？」

傅華笑了起來：「其實也很平常，不過用的享受的比一般人可能好一點。其實這一點對談經理似乎意義不大，不說別的，這藍韻吧我還是第一次來，而談經理卻已經很熟了，你享受的已經是豪門的生活了。」

談紅說：「你以為我經常來啊？我不過是跟人來見識過而已。雖然我的工資已經很高了，可也不能經常來這種地方的。」

傅華笑說：「看來這一頓是專門宰我的。」

談紅取笑著說：「你如果太心疼，那我來買單好了。」

傅華說：「你這不是罵我嗎？只要談經理你能把利得集團和我們海川重機這單案子搞定，比這再貴的地方我都可以請你。」

談紅說：「說到底，你還是對我沒信心啊。你放心吧，這頓客你不會白請的，我如果沒有把握，也不會宰你這一刀的。」

傅華看了看談紅，雖然談紅個性有些張揚，他還真是很佩服這個精明能幹的女子，做什麼都很有自信，這就是新時代的女性。

談紅點的甜品是芒果雪芭配四川辣椒霜淇淋，當椰汁倒入的瞬間，火山迸發般的白色岩漿滾滾傾瀉，視覺上已經足夠震撼；而驚喜卻不止於此，當傅華下口品嘗時，發現這款混合了辣椒滋味的霜淇淋完全沒有竄味，那股新鮮醇厚的勁頭更讓人心曠神怡。

這是讓傅華第一次感覺西餐是一門藝術的一次宴會，法國人的創意和浪漫確實讓人賞心悅目，讓傅華即使被宰了一刀，仍然感覺不虛此行。

第二天，傅華把情況跟金達作了彙報，金達聽完後十分高興，說：「不錯啊，傅華，這家利得集團很符合我們的要求，可以帶回來讓他們實地看一看。」

從孫健那裏得回來的消息也很樂觀，利得集團願意按照海川方面設想的方式進行重組。於是，傅華便帶著利得集團的孫健和談紅去了海川，實地看一看海川重機，從而實際性的啟動重組談判。

到了海川，市政府方面由李濤出面接待孫健和談紅，安排他們在海川大酒店住下。傅華也跟孫健和談紅一起住在了海川大酒店。

傅華剛進房間，就接到了伍弈的電話，伍弈說：「老弟啊。回來了也不說一聲？」

傅華笑說：「我這次是帶人來考察的，忙完馬上就回去了，所以就沒跟伍董打招呼。」

伍弈說：「這可不應該啊，你就算忙，也不該不跟我見個面吧？出來，出來，老哥我請你喝酒。」

傅華笑著答應了，一會兒，伍弈趕來，帶傅華去了一家野菜館。

坐定之後，伍弈說：「這家野菜館新開不久，所有的菜色全部是來自山上，對身體很有好處的。」

傅華笑說：「伍董何時開始注重養生了？」

伍弈搖了搖頭，說：「老弟啊，人有時候真是不服老不行，上了年紀之後，腿腳都不好使用了，不注意都不行啊。」

傅華笑笑說：「人最重要的就是健康，注意養生也是一件好事。」

伍弈說：「對，對，健康是最重要的。」

伍弈點了山雞野兔之類的野味，開了一瓶本地的海川醇白酒。

傅華祝賀說：「伍董，你的山祥地產開業，我還沒給你道賀呢，這一杯我先敬你吧，祝你財源廣進。」

「老弟真是太客氣了，謝謝啦。」伍弈高興地說。

兩人碰了一下杯，將杯中酒給乾掉了。

伍弈說：「要說這次開業，金達市長還真是給面子，親臨現場給我揭牌，這都是老弟你的面子啊。」

傅華笑了笑，說：「話不能這麼說，金達市長親自給你揭牌，一方面是金市長對民營企業的支持，另一方面也是給伍董面子，與我無關的。」

伍弈說：「老弟不要謙虛了，金達市長是什麼樣的人，我又不是不知道，他上任以來，給誰揭過牌啊？他能來山祥地產揭牌，完全是看在你跟我是朋友的份上的。老弟啊，這點我這個做哥哥的還真是服了你，你能在金達最困難的時候跟他結交，這份友情真是彌足珍貴啊。」

傅華笑笑說：「行了，伍董，你不用把功勞都往我身上倒。說說你的山祥地產吧，現在業務進展的怎麼樣？」

伍弈說：「山祥地產是一家剛起步的公司，目前還談不上什麼業務開展。」

傅華笑說：「伍董啊，你怎麼在我面前也藏著掖著啊，你如果沒有大展拳腳的企圖，又怎麼會開這家公司呢。說吧，你準備怎麼讓山祥地產一鳴驚人？」

伍弈笑了，說：「老弟還真是知道我，我這個人即使做不到一鳴驚人，也是不甘於平庸的，我最近還真是在籌畫怎麼讓我的山祥地產在海川市閃亮登場呢。」

傅華說：「看來伍董似乎已經胸有成竹了？」

伍弈笑笑說：「也就是在老弟面前我才這麼說，最近市裏把仙龍地塊放出來了，你知道仙龍那塊地吧？」

傅華說：「我當然知道了，那塊地正好位於市中心，緊鄰學校和公園，環境十分優美，目前可能是市中心最後一塊可供開發的大地塊了。」

伍弈點點頭說：「確實是，這應該是目前海川的地王了，老弟啊，跟你說，我這一次準備要把這個地王收入囊中。」

傅華看了看伍弈，說：「伍董，那塊地的開發成本可是很高的啊。」

伍弈說：「豈止是開發成本很高，還競爭激烈呢，市裏幾家像樣的地產公司，像天和房地產公司、海盛置業……等，都有意拿下這塊地。」

「那你是不是慎重考慮一下，山祥地產終究是一家新開的公司，驟然加入這麼激烈的競爭中，怕並不是一件好事。」傅華建議道。

伍弈得意地說：「怕什麼，我的山祥地產現在有上市公司山祥礦業在後面支撐著，資金不成問題的。這次我就是想玩一把強龍過江，一舉樹立山祥地產在海川地產界的地位。老弟，你想啊，地王啊，又被一個新設立還沒有什麼名頭的地產公司拿下了，這是多麼轟動的新聞啊，等於為山祥地產做了多麼大的一個廣告。」

傅華看伍弈一臉興奮的樣子，笑了笑說：「伍董啊，可能是我比較保守吧，我倒是覺得一個新入行的公司穩紮穩打比較好。」

伍弈搖了搖頭，說：「老弟，你這個觀點落伍了，穩紮穩打如何能實現一個企業的跳躍性發展呢？你還記得我當初想把山祥礦業弄上市的情況嗎？當時你和我都覺得能從山祥礦業上市中弄到幾千萬就很滿足了，再多就不敢想了。可是後來呢，我們從香港股市上拿到了那麼多錢。」

傅華說：「伍董，那是資本操作，而目前是從事實業，這根本就是兩回事。」

伍弈說：「我也知道是兩回事，可是有些觀點還是一致的。」

傅華笑說：「看來伍董是志在必得了。」

伍弈點點頭，說：「當然，我想山祥地產也配得上得到這塊地。」

「那我就祝伍董馬到成功了。」傅華便不再勸伍弈了。

伍弈笑笑說：「那就借老弟吉言了。」

第二天，李濤來酒店接了傅華、孫健、談紅等人去海川重機，實地參觀工廠。在看的過程中，談紅和傅華走到了一起。

談紅看了看傅華，說：「傅主任，你真不夠意思啊。」

傅華愣了一下，說：「怎麼了？」

談紅說：「你昨晚一個人跑出去幹什麼啦？」

傅華回說：「昨晚一個朋友找我喝酒聊天，怎麼，談經理找過我？」

談紅點點頭，說：「昨晚我想，既然到了傅主任的家鄉，總要給傅主任一個盡地主之誼的機會吧，就過去你的房間，想問你要帶我到哪裡去玩，結果你卻自私的一個人跑出去玩了。」

傅華說：「原本是安排你和孫副總休息的，我就想偷空會會朋友，沒想到你會找我。」

談紅埋怨說：「那還是你這個主人不稱職，沒有想我們這些來作客的人所想。」

傅華笑著說：「那行，等你們考察完了，談經理想去看什麼，我就陪你去看什麼。」

「那就說定了。」談紅滿意地說。

同一時間，伍弈正在山祥地產辦公，鄭勝突然來了。

伍弈跟鄭勝握了手，說：「鄭總，大駕光臨有什麼指示嗎？」

鄭勝說：「我可不敢指示伍董啊，伍董弄起了這個地方，我還從來沒來過，就想過來看看。」

伍弈笑笑說：「房地產行業，鄭總是前輩，看完我這個地方可要給我點意見啊。」

鄭勝說：「伍董啊，不要這麼謙虛了，你們山祥礦業實力雄厚，想要玩轉地產業還不是小菜一碟？」

伍弈說：「隔行如隔山，我原來是做礦業的，房地產還是個新手，還需要鄭總多拉拔兄弟一把啊。」

鄭勝笑著說：「伍董真是會說話，其實也沒什麼，就是大家互相照應著吃碗飯而已。」

伍弈點點頭說：「那是，什麼行業都是需要互相照應的。」

鄭勝說：「說到照應，我正好有事想要跟伍董打個商量。」

伍弈笑說：「我就知道鄭總無事不登三寶殿，說吧，什麼事，只要我能幫得上的，一定幫忙。」

鄭勝說：「是這樣，我聽說伍董有意參與仙龍地塊的競拍？」

伍弈點了點頭，說：「鄭總真是消息靈通啊，我是想拿下這個地塊。怎麼，鄭總也有這個意思？」

鄭勝說：「實話說，我也很看好這個地塊。所以想跟伍董打個商量，你看能不能把這塊地讓給兄弟我呢？」

伍弈沒想到鄭勝會這麼直截了當的提出要求來，就有些不高興，心說你算老幾啊，我憑什麼讓給你啊？

伍弈看了看鄭勝，說：「為什麼啊，既然是大家一起競拍，怎麼就不能憑實力公平競爭呢？」

鄭勝笑了起來，說：「看來伍董還真是不很懂房地產這裏面的行道，還是一開始我說的，這裏面是需要大家互相照應著吃飯的。」

伍弈問：「那鄭總想要怎麼做呢？」

鄭勝說：「其實很簡單，這一次伍董就讓兄弟一把，兄弟如果得標，自然會奉上伍董該得的一份好處。」

伍弈說：「就算我讓了，那鄭總怎麼就能保證你一定得標呢？」

鄭勝說：「那就更簡單了，其他參與競標的公司我已經打好招呼了，只要伍董肯讓，我一定得標。」

伍弈驚訝地道：「天和房地產也答應你了？」

鄭勝搖了搖頭，說：「丁江那個老傢伙倔強得很，不過他的實力有限，資金最近又被其他幾個項目給拖住了，我想他到了一定價位就會知難而退的。」

伍弈便明白鄭勝這是想要串通他圍標了，圍標是在土地招標過程中，一家投標單位為增加得標幾率，邀請其他同業「陪標」，以增大自己的得標機率，或幾家投標單位互相聯合，形成較為穩定的「串標同盟」，輪流坐莊，以達到排擠其他投標人，控制得標價格和得標結果的目的，然後按照事先約定分利，或個別單位同時以若干家投標單位投標，表面上是幾家公司在參加競標，實際是一家公司在背後操縱的違法行為。

伍弈倒沒高尚到不肯同流合污的地步，不過這個仙龍地塊他是寄託了很多想法的，志在必得，因此鄭勝提出要讓他退讓，就有點讓他為難了。

伍弈笑了笑，說：「鄭總啊，按說呢，你既然提出來了，我似乎應該不再跟你爭了。可是你也知道，我們山祥地產剛進入這個行業，正想弄點動靜好站穩腳跟，所以嘛，我怕是不能讓你滿意了。」

鄭勝臉色立時一變，在這次競標當中，他最擔心的就是伍弈，伍弈是最有實力能跟他爭的，他知道伍弈初入這個行業，還不知道這個行業的深淺，如果憑著初生牛犢不怕虎的勁頭胡衝亂撞，肯定會打破他的如意算盤。

隨著房地產開發熱，市區的地塊越來越成為稀缺的資源，而像仙龍地塊這樣既位於市中心，又是面積這麼大的，就更少了。這是一塊肥肉，誰拿到了都是一個大發利市的好機會。因此鄭勝對此也是志在必得。同時，鄭勝也明白自己的實力，他在海川地產界並不是最有錢的，想要憑實力拿到這塊地，可能性也不大。

但是，目前的形勢對鄭勝並不利，徐正猝死，秦屯競爭市長失利，讓鄭勝失去了在政府中的依靠，新任市長金達目前的態度曖昧不清，讓鄭勝不敢貿然找上門去攀談。偏偏這個伍弈因為傅華的緣故，跟金達關係密切，實力又雄厚，實在是一個強勁的對手。為了能順利拿到地，鄭勝不得不出面來跟伍弈商量。

鄭勝跟伍弈都是海川當地土豪，彼此知根知底，鄭勝自然很瞭解伍弈這個人。伍弈的發家實際上跟鄭勝有異曲同工之妙，兩人在海川的名聲都不是很好，牽涉了一些暴力和灰色地帶。因此鄭勝覺得他跟伍弈一定能很好溝通，這跟丁江不同，丁江出身政府系統，一向是不屑與鄭勝這類人打交道的。

沒想到伍弈一開口就拒絕了，鄭勝有點下不來台了，笑了笑說：「伍董，兄弟我輕易不敢張這個嘴的，你是不是再考慮一下？」

伍弈也知道鄭勝的根底，知道鄭勝是靠什麼起家的，不過，他覺得鄭勝的力量尚不足以讓他害怕，便說：「鄭總啊，大家打開天窗說亮話吧，現在誰都知道仙龍地塊是海川的地王，拿到了肯定是能賺大錢的，將心比心，我想鄭總也不會放過這個機會的。」

鄭勝說：「可是我們兩虎相爭，得到好處的只有政府，我們又何必把那麼多錢憑空送給政府呢？」

伍弈笑了，說：「既然鄭總不願意多送錢給政府，也好辦，鄭總可以退出去嘛。」

鄭勝有些惱火了，說：「伍董啊，你是不是覺得這塊地已經是你的囊中物了？」

伍弈說：「那倒沒有，不過我們都志在必得，也只有憑實力爭勝負了。」

鄭勝更加惱火了：「伍董，兄弟今天可是很有誠意的來跟你商量的，可是你這種態度卻並不友善啊。」

伍弈說：「真是抱歉了，我對這塊地已經有很好的規劃了，這樣吧，鄭總，這次你就讓讓兄弟我，兄弟剛進軍房地產業，你抬抬手，給兄弟一塊立足之地。下一次如果再有這樣的機會，我一定成全鄭總。」

鄭勝狠狠的看了一眼伍弈，說：「伍董啊，誰不知道市區再也沒有這麼好的地塊了，看來你是一點面子都不肯給我啊。」

伍弈堅持說：「不好意思，這一次我真的不能讓。」

鄭勝氣說：「算你行，好吧，既然如此，我們到時候就好好爭一把，看看究竟是誰厲害。」

鄭勝說完，站起來就往外走，伍弈在背後笑著說：「鄭總慢走，不送了。」

鄭勝頭也沒回就走掉了。

伍弈在背後看著鄭勝氣哼哼的背影，心裏不由得暗生警惕，他知道鄭勝跟自己基本上算是同類人，都是為了達到目的可以不擇手段的，這一次自己打了他的回票，這傢伙回去肯定是不能甘心的，自己還真是要小心防備他動什麼手腳。

伍弈有些不自信了起來，他馬上打電話讓公司的保安經理調集了兩名精幹的保安過來，跟在自己身邊，以防備鄭勝對自己下黑手。

山祥地產的第一炮打不打得響，就在此一舉，鄭勝跑過來鬧這麼一齣，讓伍弈的神經繃緊了起來，他不再以為單憑雄厚的資金就可以拿下這塊地王，為了穩操勝券，他覺得有必要跟新任的市長金達溝通一下了。

鄭勝離開山祥地產後，氣哼哼的去了西嶺賓館。

劉康看他那個樣子，便問道：「怎麼了？」

鄭勝說：「媽的，伍弈這個王八蛋，給他臉不要臉。」

劉康聽鄭勝這麼說，知道與新機場項目無關，他現在已經在收縮陣線，自然不想再去招惹別的是非，也就懶得問鄭勝和伍弈究竟是因為什麼起衝突的。

鄭勝見劉康連問都懶得問，有些不甘心，說：「劉董啊，這一次怕是你要支持我一下了。」

劉康笑了笑說：「鄭總，你想要我支持你什麼？」

鄭勝說：「伍弈這個王八蛋敢這麼對我，無非是他手裏因為公司上市有了些錢，我知道劉董也是有雄厚的資金實力的，這次我希望劉董能夠從資金方面做我的後盾。」

劉康說：「你這是非要跟伍弈較個短長是吧？」

鄭勝說：「是，這傢伙闖進了我的地盤，還想上來就壓我一頭，這口氣我咽不下去。」

劉康笑了，說：「鄭總啊，這個忙我怕是幫不了你，一方面，我並沒有多少閒置資金能夠拿出來支持你，另一方面，我很早就聽老人說過，有一種生意千萬做不得，那就是跟人鬥氣的生意。在鬥氣的過程中，雙方都可能失去理智，做出不可理喻的事情。生意人講究的是和氣生財，除非必要，否則是不會輕易招惹對方的。」

鄭勝看了看劉康，說：「劉董真的不支持我？」

劉康搖搖頭，說：「就算我有心也是無力。我勸你還是算了吧，犯不著。」

鄭勝說：「既然是這樣，劉董在資金方面不能幫我就算了，我跟你借用一個人總可以吧？」

劉康笑笑說：「什麼人啊？」

鄭勝說：「當初吳雯還在的時候，曾經有一個人在深夜拜訪過我，我想跟劉董借他用一下，讓他照著拜訪我的樣子，也去拜訪一下伍弈。」

鄭勝本來是想讓小田在深夜威脅他這件事情爛在肚子裏的，可是實在是氣不過伍弈對他的態度，劉康又不肯出錢支持他，只好舊事重提，想要小田出面去嚇退伍弈。

殊不知小田早就魂歸天國了，劉康自然無法把他召喚出來幫鄭勝這個忙，劉康現在是多一事不如少一事，也不願意攬這個麻煩，索性裝糊塗，便笑了笑說：「鄭總啊，我不知道你在說什麼？有過這樣的事嗎？」

鄭勝說：「劉董啊，你別裝了，那個人身手矯健，一看就是個高手，肯定是你的部下。」

劉康搖搖頭，說：「我真的不知道你在說什麼，我手下可沒這樣的人。」

鄭勝臉沉了下來，說：「劉董，你這就不應該了，我們現在可是在一條船上，我都不避諱把醜事講出來給你聽了，你還這樣就不夠意思了。」

劉康苦笑了一下說：「我真的不清楚你在說誰，我手下真的沒有這種人。」

鄭勝愣了，說：「難道那個人是吳雯的手下？」

劉康說：「那我就不知道了，吳雯這個人社會關係很複雜的，真是她的手下也不令人意外。」

鄭勝懷疑的看了看劉康，難道這個老頭並不像原來想的那麼可怕？原來暗地裏那幫人是幫吳雯而不是幫劉康的？這倒是很可能，因為劉康在海川很久了，鄭勝卻從來沒見他身邊出現過有像那晚那個人一樣身手矯健的人。

鄭勝半信半疑，但心中原有對劉康的畏懼卻減少了很多，原來這個老頭並不是那麼可怕嘛。既然這個老頭並不是那麼可怕，那很多事情可就需要重新評估了。

鄭勝從劉康那裏得不到幫助，就告辭離開，轉身去了市委，找到了秦屯。

地王拍賣會

傳華不好推辭，這可是海川史上起拍價格最高的一次土地拍賣，
起拍價就是三億，突破了以往所有海川市出讓土地的價格，
很多有實力的房地產商又都紛紛參與，
他也想到現場見識一下，就答應了。

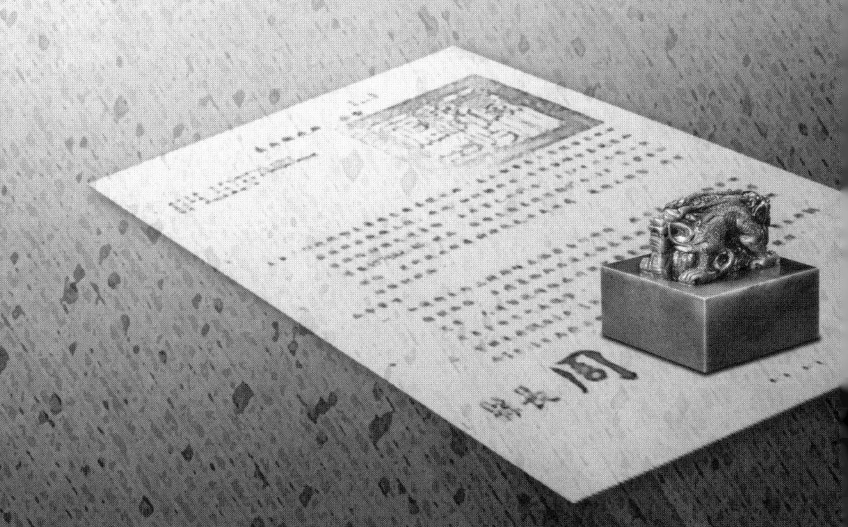

秦屯明白自己被許先生騙了一大筆錢，本來想整他一下把錢逼出來，結果反而是騙子棋高一著，讓秦屯抓了他之後又不得不放了，這一大筆錢徹底沒戲了，弄得秦屯這些日子一直萎靡不振。

此刻看到鄭勝，便有氣無力的說：「鄭總啊，找我有事？」

鄭勝看了看秦屯，說：「秦副書記，你怎麼像霜打了的茄子呢？最近泡妞泡多了？」

秦屯沒好氣的說：「你才泡妞泡多了，這裏是市委，你瞎說什麼？」

鄭勝並不怕秦屯，冷笑了一聲，說：「跟我裝什麼正經？你什麼德行當我不知道嗎？市委怎麼了？市委的男人就不喜歡妞了嗎？他張琳不喜歡美女嗎？靠，我看他見了漂亮的女人比誰都熱情。」

秦屯不高興的說：「老鄭啊，你今天來是跟我叫板的是吧？」

鄭勝說：「那倒沒有，只是，你這個樣子是怎麼了？」

秦屯說：「我遇到一點煩心的事，與你無關。說吧，你找我有什麼事情？」

鄭勝問：「有什麼煩心事啊，一會兒跟我去山莊，我找幾個漂亮妞好好陪陪你就好了。」

秦屯煩悶地說：「你煩不煩啊，有事趕緊說，沒事滾蛋。」

鄭勝說：「好了，我說，仙龍地塊被放出來競拍的事情，你知道了吧？」

秦屯說：「我知道，怎麼，你想拿？」

鄭勝說：「是啊，那是塊肥肉，誰不想拿啊？」

秦屯嘆了口氣，說：「你想拿我也幫不了你啊，你既然知道是肥肉，就應該知道爭的人肯定很多。我最近的處境很尷尬，跟市政府那邊的人說不上話。」

秦屯競爭市長寶座失敗，在海川政壇隱然已經是金達的政敵，市府方面很多人擔心金達吃味，因此就有些疏遠秦屯，因此這時候秦屯如果出面幫鄭勝打招呼，把握並不大。最主要的是，從金達關注許先生那個案子上，秦屯引申出了金達想要整他的懷疑，現在張琳和金達合作無間，秦屯在海川政壇上已經沒有多少騰挪的空間，就更不想給金達什麼把柄去抓，也就無意幫鄭勝這個忙。

鄭勝說：「你這麼緊張幹什麼，我不是為了這個找你的，我是想你幫我跟銀行打個招呼，我好貸點款，繳納競拍保證金。」

秦屯說：「是這個啊，倒不是不可以。不過，我聽說這次海川有點實力的房地產公司都參與了競拍，你連保證金都拿不出來，還是不要參與了吧？」

鄭勝說：「誰說我交不出來？我不過是資金最近都放在了新機場項目當中而已。這個競拍我一定要參與，就是不能拿下來，我也要攪得他們不得安生。」

秦屯看了看鄭勝，說：「你這是什麼意思啊？你是已經打算要攪局了？」

鄭勝氣憤地說：「我因為沒什麼把握，就去找參與者當中最有實力的伍弈，想讓他禮讓我這一次，結果伍弈這個混蛋給臉不要臉，說他非要拿到這塊地不可，還說要跟我憑實力競爭，真是氣死我了！我鄭勝什麼時候吃過這個，所以，我一定要參與這次競拍，別叫人說我讓伍弈給嚇回去了。」

秦屯勸說：「我覺得你還是放棄吧，伍弈現在風頭正勁，他的礦業公司上市圈了一大筆錢，前些日子金達又親自給他的房地產公司揭牌，背後隱然有金達的支持，你想跟他爭，我看是爭不過的。」

鄭勝賭氣地說：「爭不過也要爭，就算我拿不到，也不能讓伍弈這混蛋輕易拿到。我盤算好了，價錢如果公道的話，我能拿就拿；如果超出預期，我就想辦法把價格抬上去，讓伍弈就是拿到了，也賺不到這個錢。」

秦屯說：「這又是何必呢？」

鄭勝說：「我就是看不過伍弈那副小人得志的樣子，我要讓他看看他鄭爺也不是吃素的。」

秦屯搖了搖頭，雖然他認為鄭勝這麼做實在算不上聰明，但他現在並沒有什麼心情去干涉鄭勝的行為，便說：「我懶得管你，銀行這邊我會給你打招呼的。」

鄭勝說：「那你趕緊安排吧，我要跟伍弈好好鬥一鬥。」

伍弈倒不需要像鄭勝這樣四處求人相助，他的資金很充裕，可是卻怕被人暗算，在競拍中動手腳，因此他很想上一道金達的保險。

可是他知道，自己跟金達之間雖說已經建立起了一定的聯繫，可是還不足以達到想要做什麼就做什麼的地步，他知道要想達到這個地步，非要傅華出馬不可。幸運的是，傅華因為帶人考察，此刻正在海川，倒是很方便幫自己運作這件事情。

看看已是午飯時間，伍弈就打電話給傅華，想邀請傅華一起吃飯，好當面談談這件事情。

傅華接通了電話，伍弈問說：「老弟，在哪裡啊？一起吃個飯吧？」

傅華說：「我跟朋友在金海灣大酒店呢，已經點了菜了，要不，你過來一起吃吧？」

伍弈笑笑說：「怎麼會在金海灣啊？」

傅華說：「我的朋友今天上午正好空閒，我帶她去看風景，走到金海灣，就坐了下來了。你過來吧。」

伍弈想了想，他要跟傅華談的事情是不能有第三者在場的，便說：「既然你有朋友在，我就不去打攪了，我們一起吃晚飯吧？」

傅華問：「伍董是有什麼事情嗎？」

伍弈說：「是有點事，不過需要當面談。」

傅華便說：「那好，我們晚上再聯繫。」

伍弈掛了電話，傅華就把手機收了起來，看著對面的談紅，說：「不好意思啊，談經理，一個朋友。」

談紅沒好氣的說：「傅主任，我看你倒是沒什麼不好意思的，我們在一起吃飯，你問過我了嗎，就邀請別人來？」

傅華被嗆了一下，陪笑著說：「我們也就是吃個飯而已，沒什麼不方便的啊，我叫朋友來還熱鬧些。」

談紅不滿地說：「你是孟嘗君，可以食不擇客，我可不行，我對著討厭的人可是吃不下飯的。」

傅華心想：這個女人還真是麻煩啊，他知道這個女人很講究生活品質，因此不敢帶她去路邊隨便的小館去吃，而是到金海灣這個海川著名的五星級海鮮酒店。可是沒想到伍弈的一通電話，還是惹到了談紅。

雖然傅華感覺談紅有些小題大做，可是這次談紅在利得集團和海川重機的重組上幫了大忙，他也不想跟一個女人去計較什麼，便笑笑說：「我不知道談經理有此忌諱，對不起了。來，我們還是點菜吧。」

傅華本想借點菜把話題錯開，沒想到談紅並不到此為止，她看了傅華一眼，說：「這不是我的什麼忌諱，而是基本的禮儀，知道嗎？你請我吃飯，要加入別人也不徵詢我的意見，這是很不禮貌的。」

傅華覺得這個女人還真是纏夾不清啊，他懶得再跟她爭辯，便說：「我想我已經道過歉了，談經理，可以點菜了嗎？」

談紅被弄得有些不好意思，臉紅了一下，沒好氣的說：「點吧。」

傅華就向談紅推薦了幾個菜，基本上都是一些魚蝦之類的時鮮，也點了一些苦螺之類當地人愛吃的。

等菜的空檔，談紅將目光轉向了餐廳窗外的大海，金海灣這裏是一處伸入大海的很小的半島，酒店就建在半島伸進大海的峭壁上。酒店在面向大海的一面，全部採用玻璃窗，窗外就可以看到奔湧的海水撞擊峭壁掀起的陣陣白色的浪花，遠處的海鷗不時在海天之際飛翔，把海景點綴得更美。

看談紅看著窗外，傅華也看向了窗外，他心中有些討厭這個女人的斤斤計較，也就懶得找話題去跟她談話，幸好這裏風景實在是太美了，兩人倒沒有因為不說話而感到沉悶。

過了一會兒，服務員送菜上來，傅華便問談紅：「談經理，想喝什麼酒？」

談紅說：「到傅主任的地盤，就聽傅主任安排吧。」

談紅的語氣已經柔和了下來，看來她也覺得自己反應太激烈了。

傅華就點了一瓶本地產的葡萄酒雷司令乾白，這種酒味道清香偏甜，很適合配海鮮，也適合女人飲用。

在傅華給談紅倒酒的時候，談紅說：「傅主任，你娶了通匯集團的千金，家肯定是安在北京了是吧？」

傅華點了點頭，說：「對啊，談經理有什麼指教嗎？」

談紅笑笑說：「我指教什麼，我只是覺得你們海川的風景真是不錯，空氣聞起來很清新，你怎麼捨得離開這裏，去北京那種風沙很多的地方。」

傅華笑說：「景色是很美，不過老看就沒什麼感覺了。這裏什麼都好，就是節奏太慢了，你來幾天會感覺很新鮮，很美好，住久了就會悶的。」

談紅說：「如入芝蘭之室，久而不聞其香。」

傅華點了點頭，說：「是有這個意思。」

這時，傅華的手機又響了起來，看了看竟然是金達的號碼，連忙接通了。

金達說：「傅華，你這傢伙真是的，跑哪兒去了，我想找你一起吃飯都找不到。」

傅華趕緊說：「頂峰證券的談經理想看看海川的風景，我拉著她在海邊轉了一下，現在正在金海灣這邊吃飯呢。」

金達說：「真是差勁啊，跟美女吃飯也不叫我？」

傅華笑說：「金市長，您現在工作多忙啊，我就是想叫你，你也得有空來啊。」

金達聽了說：「這倒也是，誒，傅華，你這次準備什麼時間回北京？」

傅華說：「考察工作差不多完成了，我準備明天跟利得集團和頂峰證券的人一起回去。金市長，您有什麼指示嗎？」

金達說：「這麼急著回去幹嘛？駐京辦那邊有什麼事情等著你回去辦嗎？」

傅華說：「那倒沒有。」

金達說：「那就再留幾天吧，政府正在草擬海川的海洋發展戰略，我想讓你看看，給點意見。」

傅華笑了：「我能給什麼意見，我的水準可差得很遠呢。」

金達說：「在我面前就不用裝腔作勢了，回頭你看一看他們的草稿，我總覺得有什麼地方不到位，卻又說不出來。」

傅華笑笑說：「市長您都看不出來了，我又怎麼能看得出來呢？」

金達不高興了，說：「傅華，你需要在我面前拍這種馬屁嗎？」

傅華見金達嚴肅了起來，不敢再嘻笑，就說：「既然您讓我看，我看就是了。」

金達這才高興了起來，說：「這才對嘛。傅華，這份報告是我未來幾年管理海川經濟的一個重點，我個人是十分重視的，所以務求完美，你要給我當回事情去做。」

「遵命就是了。」傅華立刻答應。

金達又說：「弟妹那兒如果因為你耽擱了有什麼意見，我可以幫你解釋的。」

傅華說：「不用啦，我老婆那個人很好說話的。」

金達說：「那就好，你明天上午過來我辦公室一下，我們碰碰面。」

金達掛了電話。談紅看著傅華笑著說：「你跟你們市長關係還真是不錯啊。」

傅華說：「還可以吧。」

談紅說：「什麼還可以，連跟美女一起吃飯不叫他這樣的話都說的出來，肯定你們之間一定像哥兒們一樣相處融洽。」

傅華笑說：「談經理跟我說這個，是想強調你是一個美女，還是想說我們市長對我很好？」

談紅自負地說：「我是美女這件事情還需要強調嗎？」

傅華笑了，說：「這倒也是，只要有眼睛的男人都不會否認這一點。」

談紅說：「你承認就好。誒，傅主任，既然你們市長這麼看重你，你的前途無量啊。看來不久你就會回海川工作的。」

傅華不置可否的笑了笑，他不想跟談紅深入的探討這個問題，他跟談紅還沒有熟到交心的程度，便說：「我還是覺得留在北京不錯。」

菜陸續的上來，談紅對美味的食物有著濃厚的興趣，注意力很快就轉到了食物上面去了。

晚上，伍弈接了傅華出來吃飯。

寒暄過後，傅華問道：「伍董究竟找我有什麼事情啊？」

伍弈說：「是這樣的，老弟，我想拜託你點事情，你能不能出面幫我約一下金市長？」

傅華看了看伍弈，笑著說：「那要看伍董找金市長是有什麼事情了？如果是正當的事，這個忙我倒是可以幫。」

伍弈說：「這件事情嘛，說正當也算正當。」

傅華笑了，說：「你的意思是還不夠正當了？」

伍弈點了點頭，說：「我是想跟金市長套套交情，讓他幫我在仙龍地塊競拍這件事情上，跟有關部門打打招呼。老弟啊，只要你促成了，我一定重謝的。」

傅華搖搖頭，說：「這件事情我怕是不能幫你的，金市長在海川時間也不短了，他是個什麼樣的人你也應該瞭解。更何況，他剛剛被任命為代市長不久，你想，這時候他怎麼會隨便幫一個地產商跟有關部門打招呼呢？」

伍弈說：「這件事情是有一定的難度，不過，如果你老弟出馬，金市長一定不會駁你的面子的。」

傅華說：「我有什麼面子啊！對了，這次的土地拍賣不是公開競標，價高者得嗎？以你現在的資金實力怕什麼？」

伍弈說：「公平競爭我倒是不怕，可是我怕別人暗地裏動手腳。」

傅華不解地說：「所有的程序不是都公開透明的嗎？誰能在暗地裏做手腳？」

伍弈說：「老弟啊，你不懂的，他們如果真要動我的手腳，還是可以的。」

傅華問：「發生什麼事情了，誰會動你的手腳？這個他們又是誰啊？」

伍弈說：「鄭勝來找過我，他在房地產行業打滾多年，我怕他暗地裏不知道會做些什麼事情出來。」

伍弈就把鄭勝來跟自己交涉的情形跟傅華講了，傅華聽完，說：「這個鄭勝怎麼可以這麼猖狂，竟然敢公然找人圍標？」

伍弈笑笑說：「老弟啊，現在社會就是這樣，你在政府系統，這種情形肯定見的比我更多，大家都在找機會鑽門子，不擇手段的達到目的，反而是那些遵紀守法的老實人吃虧。」

傅華苦笑了一下，他當然明白這其中的奧妙，說：「我只是沒想到這個鄭勝會這麼明目張膽。」

伍弈說：「鄭勝在海川經營多年，個性又很張狂，這麼做也很正常。老弟既然不齒鄭勝，那就幫我這個忙吧，找金市長幫我拿下這塊地，不讓鄭勝得逞。」

傅華笑了，說：「那我這麼做，跟鄭勝有什麼區別？」

伍弈忍不住說：「老弟啊，你別的什麼地方都好，就這點不好，太死板了，對付壞人就是得用這種爛招。」

傅華說：「這是我的原則，我想金達也不會同意這麼做的。不過，我可以跟金達市長反映一下鄭勝可能要圍標的這個情況，讓他跟有關部門重申一下相關的紀律法規，不要讓有些人鑽了空子。」

伍弈搖了搖頭，說：「好吧，這也算是聊勝於無了。」

「你一定要爭這塊地嗎？」傅華問道。

伍弈說：「一定要，就為了跟鄭勝這口氣也要爭。」

傅華看了看伍弈，說：「伍董啊，我說句可能不該說的話，你這樣志在必得，可是犯了商家的大忌啊。」

「怎麼說？」伍弈好奇地問。

傅華解釋說：「你這是把底牌亮給了對方，對方如果夠高明的話，你就危險了。」

伍弈笑了笑，說：「反正這塊地我是一定要拿到的，不管那麼多了。」

第二天，傅華送走了孫健和談紅，就趕去了金達的辦公室，這還是兩人自機場一別後，第一次見面。

傅華看才這麼短時間，金達就顯得蒼老和疲憊了很多，心裏暗自感嘆：權力還真是一個有魔力的東西，即使像金達這樣知識淵博的人也難逃它的折磨。

金達開玩笑說：「傅華，還是你過得滋潤啊，還能陪美女吃飯看風景。」

傅華笑了，說：「我跟金市長是分工不同，我的責任就是接待好來海川的客人。」

金達點了點頭，說：「是啊，我們是各盡其責啊。客人送走了？」

傅華說：「是，送走了。」

「你感覺重組海川重機的希望大不大？」金達問。

「應該沒什麼問題吧，我聽頂峰證券的談紅說，他們跟利得集團重點推薦了海川重機，兩家公司的高層基本上已達成了共識。」傅華回說。

金達聽了，滿意地說：「那就好，海川重機的事解決了的話，我也少一塊心事。來，傅華，你看看這份文件。」

傅華接過檔案，原來正是海川市政府政策研究班草擬的海川市海洋發展戰略。

傅華仔細的看了一遍，他是看過金達原先做的那份報告的，在腦海裏對照一下之後，發現兩者之間差別不大，這份草稿基本上並沒跳出金達那份報告的框架。

傅華說：「金市長，這份報告似乎跟你原來的一致啊。」

金達點了點頭，說：「這就是問題所在了，我原本以為交給政府的政策研究班研究，會有些新的觀點，或對我的一些觀點更深入的研究，結果看了之後，幾乎是我那份的翻版，毫無新意，令人大失所望。」

傅華笑說：「金市長大概忘記自己當初是做什麼的了吧？」

金達愣了一下，說：「傅華，你這麼說是什麼意思，你是說我忘本了嗎？」

傅華搖搖頭，說：「我是說，您本來就是省政府政策研究班裏的人，水準本身就比市政府這幫人高很多，您想要求他們推陳出新，怕是很難的。」

金達想想說：「你說的也有道理，不過，這怎麼辦，難道就停留在我原來的基礎上？」

傅華說：「其實，您可能是求好心切了，您的那份報告已經有一定的高度了，不然的話，省政府也不會以那個作為基礎，起草省政府的海洋發展戰略。」

金達說：「可我總感覺還是有些不足的地方。」

傅華笑著說：「什麼政策能夠做到十全十美啊？沒有的。」

金達說：「這倒也是，不過，我們可以事先把戰略想的完美一些，這樣實施起來，得到的結果可能更好。」

傅華笑笑說：「我倒不這樣覺得。」

金達好奇地說：「你是什麼看法？」

傅華分析說：「海洋戰略目前對我們來說，還是一個很新的事物，很多方面我們都沒有實際的經驗，所以目標最好不要訂的過高，否則就會有好高騖遠之嫌。我倒覺得這份草稿中的目標應該已經可以了，如果能夠按照這個目標穩紮穩打的去實現它，已經是很不錯的了。」

金達想了想，說：「你說得對，可能是我有些急於求成了。傅華啊，做領導的身邊還真是需要有你這樣的一個人，時時提醒他不要急功冒進。」

傅華不好意思地說：「金市長真是太誇獎我了，我不過是說了自己的看法而已。」

金達笑笑說：「能夠在上級面前真實表達自己的想法已經是難能可貴了，傅華，你知道嗎？自從我當上了這個代市長之後，我的話在市政府似乎成了金口玉言了，我說什麼，都是附和聲一片。我這才明白，當初在政府常務會議上，為什麼徐正即使是錯誤的觀點也能夠做到一呼百應，這些人不是在呼應徐正，而是在呼應坐在市長位置上的人。當初我可

是在常務會議上提什麼都有人反對的，現在坐到這個位置上了，大家對我跟對徐正竟然是一樣的。」

傅華笑笑，說：「這是我們多年官本位的影響下形成的。」

金達看了看傅華，說：「是不是你也覺得習以為常了？」

傅華說：「雖然我本人不是這個樣子，但是看到別人這樣，我也沒覺得不正常。」

金達搖搖頭，說：「可是這樣下去是很危險的，到處是附和聲，我們就聽不到反對的聲音，就會盲目的以為自己做什麼都是對的，政府的行為就會失去正確的方向的。」

傅華看了看金達，心說：這是一個有智慧有頭腦的官員，他看到了問題的根本，可是僅僅是他一個人這麼想，對這種社會風氣是無法改變的。

傅華說：「金市長，這些可就不是我該置評的了。」

金達笑了，說：「是啊，我不過是跟你發幾句牢騷罷了，恐怕就算我這個市長也是不能置評這個問題的。我只是無法適應啊。」

傅華感覺這話題有點太沉重，便笑笑說：「看來金市長現在也認可這份草稿了，您看我是不是可以回北京了？」

金達開玩笑說：「就那麼急著回去見老婆啊？」

傅華說：「那倒不是，只是我這個人閒不住，讓我在海川空待著，我會覺得很沒意思的。」

金達笑笑說：「你不用擔心空待著，這份草稿雖然大的框架不需要修改，可是細節部分尚且需要琢磨，你別急著回去，待在海川跟研究室那幫人好好琢磨一下這個稿子，力求拿出一份有前瞻性又具有實施性的好方案。」

傅華看得出來金達對這份海洋發展戰略的重視，便說：「既然市長堅持，我就留下來吧。」

接著，金達又向傅華瞭解了一下駐京辦方面的情況，傅華一一作了彙報，金達聽完，便做了一些工作上的指示。

這些聊完，傅華就提起伍弈找他的事情來了。

金達聽完，搖了搖頭，嘆了口氣，說：「像鄭勝這樣的商人，靠投機取巧取得優於市場上其他競爭者的優勢地位，結果卻導致像伍弈這樣本來可以憑實力公平競爭獲勝的人，也不得不另想辦法去投機取巧。這就是劣幣驅逐良幣了，正常的變成了不正常，不正常的反而成了人們習慣的，見怪不怪了，整個是一個大錯位啊。」

傅華笑笑說：「我也覺得這不正常，所以才答應他，向你反映一下情況。」

金達說：「這件事情我會重視的，回頭我會跟分管的李濤副市長講一下這個情況，讓他跟相關部門重申一下法律規定和紀律，力求讓這次土地拍賣做到公平、公正、透明。」

傅華就按照金達的要求，暫時留在海川，跟著政策研究室那幫人按照金達的指示，把草稿重新認真的細化，等再次成稿，已經是耗費了十多天了。

這次金達對成稿還算滿意，也就同意傅華離開海川，回駐京辦去。

傅華正準備回海川大酒店收拾行裝，接到了伍弈的電話，伍弈在電話裏說，明天就是仙龍地塊競拍的日子，讓傅華多留一天，陪他去參加競拍，幫他壯壯行色。

傅華不好推辭，再說，這可是海川史上起拍價格最高的一次土地拍賣，起拍價就是三億，突破了以往所有海川市出讓土地的價格，很多有實力的房地產商又都紛紛參與，必然會有一場大戰開打，他也想到現場見識一下，就答應了。

第二天，傅華跟著伍弈到了拍賣現場，伍弈領了號碼牌，兩人就一起進去會場。

拍賣大廳裏，已經有不少參與的地產商到了，其中就有天和房地產的總經理丁益。

丁益看到傅華，趕忙過來打招呼：「傅哥，你怎麼來了？」

傅華笑說：「伍董非要拖我來見見世面，我就來了。誒，你們天和對這塊地也感興趣？」

丁益說：「當然啦，這可是目下海川地產界最肥的一塊地了。不過，我們天和實力有限，很可能是陪太子讀書的。真正的買家，我估計會是伍董和海盛置業的鄭勝。」

伍弈在一旁說：「丁總真是客氣了，你們天和房地產是行內數一數二的金字招牌，我們山祥地產不過是新進來的小公司，你們都說是陪太子讀書，我們就不知道該說什麼了。」

傅華心想，這伍弈真到臨陣的時候，竟然也會謙虛起來了，起碼這個心態還是不錯的。

丁益指了指門口，說：「鄭勝來了。」

傅華一回頭，就看到鄭勝帶著一隊人馬出現在拍賣大廳門口，鄭勝今天穿著一身很正式的西裝，趾高氣昂，氣勢做得很足。

鄭勝也看到了傅華和伍弈，就帶著他的人走了過來，老遠就打招呼說：「傅主任，怎麼這麼巧啊，你也來參與拍賣嗎？」

傅華笑說：「鄭總真是說笑了，你以為我像你一樣有錢啊？」

鄭勝又看了看傅華身邊的伍弈，笑著說：「話可不能這麼說，我也沒伍董有錢，可我這不還是來了嗎？」

伍弈笑了笑，說：「鄭總別這麼謙虛，我在房地產業還是新人，哪有鄭總實力雄厚。」

傅華看雙方一開始就火藥味十足，互鬥機鋒，連忙說：「兩位都是大老闆，看來我今天還真來對了，不然就錯過這場龍爭虎鬥了。」

丁益在一旁也說：「是啊，我也覺得今天來十分值得，能有機會跟兩位前輩學習一下。」

鄭勝笑說：「丁總太客氣了，你們天和才真是我們房地產界的老大呢。」

丁益謙虛地說：「鄭總真是太抬舉我們了，說實話，我們今天只是來湊個熱鬧而已，地王可是不敢奢望的。」

這時，拍賣官進場了，拍賣會即將開始，鄭勝、伍弈、丁益和傅華各自都找位置坐下。

拍賣開始，先是拍賣了幾個小的地塊，陸續有人舉牌將土地拍走了。鄭勝和伍弈意在地王，前面的部分都沒有參與，只有丁益買了一個小地塊。

仙龍地塊拍賣終於開始了，拍賣官先是介紹了地塊的情況，然後宣布地塊的起價和加價幅度為一千萬，正式進行拍賣。

三億的起拍價已經讓大多數的房地產商出局了，人們的目光都集中在鄭勝、伍弈和丁益三家公司的身上。

鄭勝首先舉牌，拍賣官喊道：「有人出價三億。」

丁益跟著舉牌，拍賣官喊道：「三億一千萬。」

伍弈並沒有什麼舉動，他知道今天將是一場惡戰，不可能一開始就決出勝負，所以並不急著馬上就出手。

很快，在丁益和鄭勝你來我往的出價過程中，這塊土地的價錢被喊到了四億，丁益已經有些吃不住勁了，在鄭勝再次加價之後，選擇了放棄。

拍賣官詢問有沒有人出比四億一千萬再高的價格，這時伍弈舉牌了，拍賣官喊道：「四億兩千萬，四億兩千萬，沒有人再高的了？」

鄭勝再次舉起號碼牌，拍賣官喊道：「四億三千萬了，四億三千萬，有沒有人再出價？」

伍弈又舉起了牌子……很快，地價被叫到了五億，拍賣官調整了加價幅度，每次加價為兩千萬。

這時場內的氣氛越來越熱烈，人們的心都懸著，目光都集中在伍弈和鄭勝身上，看這兩人究竟誰會敗下陣來。

很快，地價就在鄭勝和伍弈的較勁中被叫過了七億，這個數字已經超過了底價的兩倍了，而伍弈和鄭勝似乎還沒有停手的意思。

傅華看了看伍弈，靠在他耳邊說道：「伍董啊，已經太高了，再叫，可能你的公司要承受不了了。」

伍弈眼睛已經變得血紅，很堅決的搖了搖頭，低聲說：「我絕對不能讓鄭勝壓過去。」說著再次舉起了號碼牌，七億兩千萬了。

鄭勝也已經緊張得滿面通紅，七億兩千萬已經超出他的承受範圍，舉還是不舉牌，他在猶豫著，雖然可以想辦法把土地押給銀行，用貸款來繳納地價，但是價格這麼高，這塊地就是開發出來，到時候怕也是很難盈利的，似乎應該收手了。

鄭勝轉頭看了看伍弈，他看到伍弈雖然也很緊張，可是似乎還能承受得住，不行，不能就此停手，現在停手，還弄不死伍弈這個王八蛋。

拍賣官已經喊了兩次七億兩千萬，再喊一次就要成交了，鄭勝不敢耽擱，再一次舉起了號碼牌，七億四千萬。

拍賣官很有經驗，他看出已經到了快要決出勝負的時候，再次調整了加價幅度，這一次的加價幅度被調成了五千萬，下一次只要誰舉牌，就意味著喊出了七億九千萬的天價。

現在的氣氛緊張到了極點，人們都屏住呼吸，心被提到了嗓子眼。雖然這與他們毫不相關，可是大家都好像是自己在出價一樣的緊張。

傅華低聲叫道：「伍董，不能再喊了，鄭勝明顯是想故意攪局，他是想抬高價格，讓你吃悶虧的。」

伍弈沒有理會傅華，沉吟了一會兒，伸手再次將號碼牌舉了起來。

伍弈一舉牌，現場的人都鬆了口氣，七億九千萬，有人忍不住將價格喊了出來，隨即人們的心再度緊張起來，目光看向了鄭勝，看他下一步要不要繼續跟伍弈鬥下去。

鄭勝已經殺紅了眼，他不再考慮贏不贏利的問題了，他只是在想，自己如果舉牌了，伍弈會不會繼續舉下去。眼下看伍弈的勁頭十足，應該可以再跟他繼續來一次。

鄭勝再次將號碼牌舉了起來，現場人們一片譁然，八億四千萬了。

傅華看了看伍弈，伍弈的手已經有些發抖，便說：「伍董，不能再舉了，你這樣已經不是爭一口氣了，這樣會害你的山祥地產陷入困境的。」

伍弈不說話了，他的心裏也在激烈的掙扎著，不舉牌，就意味著自己低頭向鄭勝認輸；舉牌吧，自己買這塊地明顯價格高出周邊地價很多，等於是吃了鄭勝一個大悶虧。

大丈夫寧可戰死，也不能認輸，伍弈的血性上來了，心中竟然有些悲壯的感覺，他猶豫著想要再次將號碼牌舉起來。

這時，傅華再也看不下去，伸手壓住了伍弈準備舉牌的手，說：「伍董，你就聽我這一次吧，不能再舉了。你這樣不計成本，想害死自己啊？」

他本可以輕易的再次舉起號碼牌，可是他沒有反抗，就那麼聽任傅華壓住了他的手。

伍弈突然不舉牌，讓鄭勝有些傻了，心裏叫著：伍弈你這個王八蛋，你怎麼不舉牌了呢？

他的心狂跳不止，這可是八億四千萬，他要到哪裡籌出這麼多錢啊？他心中還在幻想伍弈可能再次舉牌，可時間卻過得飛快，拍賣官喊出第三次八億四千萬了，伍弈的手卻沒有再舉起來。拍賣官落錘，喊出了「成交」兩個字。

聽到「成交」兩個字的時候，鄭勝徹底傻眼了，他頓時面如土色，頹然地癱軟在座位上。這本來是設給伍弈跳的陷阱，最後掉下去的卻是自己。

伍弈也看到了鄭勝的慘樣，心裏便明白鄭勝是拿不出八億四千萬的，心裏不禁暗自抽了一口涼氣，如果自己繼續叫下去，此刻可能會像鄭勝一樣的慘，不由得感激的看了傅華一眼，伸手去握了握傅華的手，說：「老弟，這一次我真的是要謝謝你。」

傅華笑說：「謝什麼，我還以為你會罵我呢。」

伍弈說：「如果沒有你及時制止我，後果真是不堪設想啊。現在我雖然拍賣落敗，可是卻像勝利了一樣高興。」

傅華笑了笑，沒再說什麼，他也看到了鄭勝的慘樣，這時並不適合在這裏跟伍弈談論這件事情，便說：「好了，拍賣會結束了，我們回去吧。」

伍弈就和傅華一起站起來往外走。

經過鄭勝身邊時，伍弈還刻意過去跟鄭勝說：「鄭總啊，你們海盛置業實力真是了得，也只有你們公司才能吃得下這個地王，兄弟我甘拜下風啊。」

鄭勝此刻緩和過來了一些，他惡狠狠地看著伍弈，說道：「這可都是拜伍董所賜，我一定會記住今天的，日後一定會好好感謝伍董。」

伍弈哈哈大笑，說：「我是自認不如，謝謝就不必了。」

鄭勝此刻眼睛已經冒出火來，傅華也覺得伍弈實在是太過囂張了，趕忙說：「鄭總，我們還有事，就先走了。」說著，便拉著伍弈往外走。

鄭勝心有不甘，想要跟出來，可是拍賣公司的人攔住了他，讓他簽字確認拍賣的結果，鄭勝只能在後面恨恨的看著兩人的背影。

傅華將伍弈拖出了拍賣大廳，責怪的對伍弈說：「伍董啊，得饒人處且饒人，既然鄭勝已經那樣了，你再去惹他幹什麼？」

伍弈止不住臉上的笑容，說：「呵呵，這傢伙活該，他本來是想害我的，結果卻害到了自己，我就是想氣氣他。」

傅華說：「你也不是不知道鄭勝的根底，你這麼惹惱了他，小心他報復你啊。」

伍弈得意地說：「這個我沒在怕的，我伍弈也不是吃素的，真要鬥起來，還不知道誰會吃虧呢。」

傅華勸說：「你這又是何必呢？生意是和氣生財，你去招惹他幹什麼？」

伍弈笑說：「好好，老弟，我今天什麼都聽你的，我不再招惹他就是了。說吧，你一會兒想吃什麼，今天我一定要好好謝謝你。」

傅華說：「隨便吃點好了，你也不用謝我，我也沒做什麼。」

伍弈說：「你還沒做什麼呢，你今天幫我避免了幾億的損失，這個忙可是幫大了，說吧，老弟，你想要我怎麼回報你，只要我能做到的，我都答應你。」

傅華笑說：「你請我吃頓飯就好了，還要回報什麼？」

伍弈搖搖頭，說：「那也太少了，要不這樣，老弟，你在我們公司掛個名，我給你弄一份薪水好了。」

傅華忙擺手說：「你不知道公務員不能在企業兼職嗎？你這可是在害我啊。」

伍弈說：「我不說，別人不會知道的。」

「不行，我不做這種事的。」傅華搖搖頭說。

「那這樣，你名字也不用掛了，什麼時候想用錢，就從我這裏拿就好了。」伍弈想了想後，做出決定。

傅華笑說：「好啦，我不需要的，我們趕緊找地方吃飯吧。」

兩人就離開，找地方吃飯去了。

第四章

曖昧關係

曉菲緊張了起來，以為傅華真的要把兩人之間的關係說出來，急忙說：「南哥，我是跟你開玩笑的，其實傅華也不是真心要罵你的，只是他說我的朋友都有些假惺惺的，忘記了你也是我的朋友了。」

當晚，這一場地王的拍賣活動上了海川市的新聞，新聞拍攝了拍賣現場的畫面，最後評論說，這一次仙龍地塊創出了海川市地價的新紀錄，成交價格是拍賣底價的近三倍，這說明企業家們都看好海川市，標誌著海川市經濟發展又上了一個新的臺階，海川市必然將會被建設的更加美好，等等。

伍弈看完新聞，就給已經在下午坐飛機回北京的傅華打電話說：「老弟啊，我剛在新聞中看到了我們兩個人，電視臺這次很給面子，竟然給了我們兩個人一個特寫，還特別提到了山祥地產，說我們是僅敗於海盛置業，這個廣告效應還真不錯。」

傅華說：「我想這一下，你們山祥地產名氣肯定打出去了，敢出到七億多，已經是實力不俗了。」

伍弈笑說：「是啊，這一戰雖然敗了，可我們也算是雖敗猶榮，一戰成名啊。只是不知道鄭勝現在怎麼樣了？」

傅華說：「我想肯定不會好過了，好了，你去管他幹什麼？」

伍弈說：「我不能不管他啊，下午我大概估算了一下，這八億多，鄭勝肯定拿不出來，到時候這塊地怕是還要吐出來，所以我還是有機會再將它收入囊中的。老弟啊，我越想越覺得把你請去現場真是太對了，這一手以退為進實在高明。」

傅華笑說：「我可沒這麼想過，功勞也不是我的。」

伍弈說：「可能我們都沒這麼想過，但實際的效果就是這樣的。」

傅華說：「如果真是這樣，那就是你伍董的運氣太好了，我不過是適逢其會而已。」

同一時間，鄭勝也是坐在電視機前看新聞，看完關於地王的新聞之後，鄭勝氣得把遙控器砸到了電視機上，幸好電視機品質不錯，只是把遙控器砸壞了。

鄭勝已經盤算了一下午了，無論如何他也是拿不出這八億多來，這筆地價款要如何繳納，必然會成為一個大問題。

鄭勝明白他只有一條路可走，那就是放棄履行這個拍賣合同，可是那樣的話，他首先就得損失已經繳納的幾千萬競拍押金。話說那筆押金還是他跟銀行貸款的呢，原本打算如果拍賣不成，他就墊一點利息還給銀行，現在拍賣竟然成交了，這筆押金顯然是拿不回來了，這幾千萬雖然相比八億有些微不足道，可是對於海盛置業來說，也是很大一筆錢，就這麼平白損失了，讓鄭勝也是很心痛的。

可是，鄭勝眼下卻找不出別的解決辦法，大概只能做最壞的打算了，心中不由得對伍弈更加恨了幾分。

這一夜，鄭勝輾轉反側，天亮之後，他打電話給秦屯，他終究不甘心一下子損失幾千萬，他想讓秦屯幫他想想，有沒有什麼別的解決辦法。

秦屯接了電話，說：「找我有什麼事啊？」

鄭勝說：「我拍下了地王的事情，你知道了嗎？」

秦屯說：「現在在海川誰不知道啊？鄭總啊，別人不瞭解你的企業實力，我可是瞭解的，你瘋了嗎？竟然出到八億四千萬，你從哪兒弄這麼多錢啊？」

鄭勝苦笑了一下，說：「我原本是想攛掇讓伍弈出更高的價錢，沒想到這傢伙鬼得很，竟然懸崖勒馬，沒上這個當。」

秦屯說：「你就是這個樣子，以為別人都是傻瓜，可是這社會上有幾個是真傻啊？」

鄭勝說：「我知道，秦副書記，現在，我顯然是無法湊出這八億四千萬，我想把地退回去。」

秦屯不以為意地說：「那就退吧。」

「可是退了，我的競拍保證金就會被沒收的。」鄭勝為難地說。

秦屯說：「那有什麼辦法，沒收就沒收吧。」

鄭勝說：「可這是幾千萬啊，不是個小數目，這還是你出面幫我打招呼才貸到的款啊。就這麼被沒收，實在太可惜了。」

秦屯說：「那我有什麼辦法，這是你自己闖的禍，你要自己承擔責任的。」

「不是吧？秦副書記，你這可是見死不救啊！再說，這幾千萬平白給了政府多沒意思啊，如果能拿出來，就是我們兄弟幾個分著花，也比平白損失了強吧？」鄭勝說。

秦屯聽了，說：「你是什麼意思啊？」

鄭勝說：「秦副書記，你是不是能幫我跟相關部門溝通一下，找個什麼理由，幫我把地給退了，這樣子我就不用損失了。」

秦屯說：「你想得倒簡單，到哪兒去找這種理由啊？」

鄭勝說：「這就要看你秦副書記的本事了，這也不是沒有先例的。」

鄭勝說的先例是指前些年發生在海川的一件案子，當時也是有一家公司得標了一塊土地，可是後來由於這塊土地沒能達到政府出讓時講好的規劃條件，最後經協調，土地退回給了政府，雙方重歸到零點。

這件事情秦屯也是知道的，可是那一次退地是有先決條件的，因為政府方面未能達到承諾的條件，本身存在違約行為，退地合理合法。現在鄭勝沒有任何理由就想退地，顯然政府是不會答應的。

秦屯說：「有先例不假，可那是有正當的理由，你有什麼理由啊？難道說你湊不出錢來，這也算正當理由嗎？」

鄭勝說：「沒有理由，可以找理由啊，我就是想讓秦副書記幫我想一個比較好的理由，能夠把這件事情順利給解決了。」

秦屯說：「你當我是誰啊？我去哪裡給你想理由啊？」

鄭勝說：「你跟規劃局方面打個招呼，看他們是否可以找到理由嘛。」

秦屯哼了一聲，說：「你說得輕鬆，你以為規劃局是我家開的？」

鄭勝陪笑著說：「我不是這個意思，但我知道秦副書記跟規劃局很熟，這個忙還是能幫的吧？放心，如果這個問題能夠順利解決，我一定會重重酬謝您的。」

秦屯想了想，他最近損失了一大筆錢，正想找機會彌補一下，鄭勝這兒剛好可以重重的宰他一刀，便說：「好吧，我跟規劃局的張利說一聲，看他有沒有什麼辦法。」

張利是規劃局的副局長，跟秦屯私交甚好。秦屯在海川經營多年，跟一些基層的官員之間關係都處得不錯。

鄭勝高興地說：「那我就等秦副書記的好消息啦。」

秦屯說：「你也別抱太大的希望，張利有沒有辦法還不一定呢。你啊，真是自作自受，都跟你說過不要去玩這種把戲了。」

鄭勝恨恨的說：「說起來，都是伍弈這個王八蛋搞的鬼，害得我真是不輕。」

秦屯沒好氣的說：「你還去怪別人，都是你自己不知分寸，伍弈喊到七億九千萬你還不知足，非要再加價，怎麼，你想一下子弄死他啊？」

鄭勝說：「我就是想一下子弄死他。」

秦屯說：「這下好了吧，人家沒被弄死，你卻被自己搞得焦頭爛額。」

鄭勝說：「你別急，這件事情還沒完，我不能就這麼輕易放過伍弈，我會讓他為這件事情付出代價的。」

秦屯警告說：「別再惹事了，金達剛上任，形勢還不太明朗，你再惹出事來，我可就無法幫你收拾局面了。」

鄭勝不以為然地說：「怕什麼，金達立足未穩，正是應該給他搗一點亂的，他如果不能很好的處置，不正說明他的水準不行嗎？」

秦屯說：「你還是克制一點吧。」

鄭勝說：「我有分寸的，你先幫我處理好退地的事情吧。」

秦屯說：「好啦，我馬上就幫你聯繫張利。」

鄭勝掛了電話，秦屯就打手機給張利，說有事情要跟他商量一下，讓他來自己的辦公室一下。

張利很快就過來了。

張利是個四十出頭的中年男子，個頭不高，看上去十分精明的樣子。他是技術出身的官員，可是他不同於一般那些技術人員，只知道鑽研技術，他知道要想在仕途上發展，必須要鑽研上層領導，所以他跟秦屯一直保持著良好的關係。他也一路順利的爬上了海川市規劃局副局長的位置，雖然這位置還不是很高，可是在同齡人中已經算是很不錯了。

張利一進門就說：「秦副書記，您找我有什麼指示嗎？」

秦屯笑著說：「先坐。」把張利讓到了沙發那裏坐下。

秦屯看了看張利，說：「老張啊，是這樣，仙龍地塊拍賣給海盛置業這件事情，你知道吧？」

張利點了點頭，說：「我知道。」

秦屯問：「你是怎麼看這件事情的？」

張利說：「我覺得鄭勝這一次是昏了頭了，雖然仙龍地塊算是海川市的地王，可是八億四千萬的價格實在是太高了，這個樓面價已經高出了周邊建築的出售價了，真不知道鄭勝想要靠什麼賺錢。」

秦屯點點頭說：「是啊，我也覺得鄭勝是昏了頭了。」

張利說：「秦副書記找我是為了這件事情？」

秦屯說：「是啊，鄭勝當時在拍賣場上確實是昏了頭，一出拍賣場他馬上就後悔了，他知道以海盛置業的實力，是無法承擔這麼巨額的地價的，他現在想退地。」

張利說：「退地？這不是開玩笑嗎？既然沒有能力開發，他為什麼要拿這塊地啊？」

秦屯說：「要不怎說他昏了頭了？老張啊，我們都是朋友，不能看著他往火坑裏跳，要是沒理由退地，鄭勝的競拍保證金就會被沒收，你是老規劃了，看看有沒有什麼辦法能幫他一把啊？」

張利想了想說：「這很難啊，並且還不好操作。」

秦屯看了看張利，張利雖然說很難，卻並沒有說完全不行，那就是還有操作的空間，便笑著說：「老張啊，這麼說還是可以操作的？」

張利說：「不是一點可能都沒有，不過，這塊地因為是地王，又被鄭勝抬到了那種高價，在海川已經是家喻戶曉，真要退地，海川輿論肯定會十分關注，到時候恐怕是要驚動市政府的領導的。」

秦屯說：「那個暫且不管，先說說能夠找到什麼理由把地給退了。」

張利說：「那就要從這塊地的規劃資料上找了。」

秦屯說：「能夠找出來嗎？」

張利笑笑說：「這個秦副書記就應該明白的，真要找，是一定能找出來的。」

秦屯笑了，張利的意思很明顯，只要想做，他就會幫自己想到辦法去達成目標。

秦屯說：「那老張你費費心，想個辦法幫鄭勝解決了這個難題。」

張利說：「我這邊可以配合他的，只是到時候能不能被認可，就不好說了。」

秦屯笑笑說：「你把功課做扎實一點，我就不相信市政府會明知自己有錯而不改。」

張利說：「那行，我就回去準備了。」

秦屯說：「行，你如果有什麼需要，就直接跟鄭勝聯繫。」

張利就趕回規劃局，把仙龍地塊的資料調了出來。經過詳盡的研究，找出了幾處仙龍地塊在規劃方面的小瑕疵，類似什麼黃海標高有偏差之類的，然後把相關的情報提供給了鄭勝，鄭勝隨即根據這些情報，跟國土部門提出仙龍地塊很多地方跟拍賣時公佈的資料不符，海盛置業不能按照競拍價格履行合同，要求將地塊退回，並且要求將競拍保證金返還給海盛置業。

這可是牽涉到八億多資金，國土部門不敢擅自做主，向常務副市長李濤彙報，李濤也不敢做主，就彙報給了金達。

金達聽完，眉頭皺了起來，說：「李副市長，這海盛置業是想幹什麼啊？」

李濤說：「八成是覺得得標價格太高了吧？海盛置業的實力大家心裏都有底的，他根本就拿不出八億多資金來。」

金達說：「拿不出來，還這麼叫價？」

李濤說：「有人說，鄭勝當時是想頂死山祥地產的伍弈，沒想到伍弈見機不好，就沒接這個招，鄭勝偷雞不成，反蝕了一把米。」

金達說：「那李副市長，你是怎麼看這件事情？」

李濤說：「我想鄭勝是接下地拿不出八億四千萬，不接吧，又會損失競拍保證金，就想了這麼一招，想要全身而退。」

金達聽了，說：「他想得美，當我們政府部門是什麼了，他想怎麼弄就怎麼弄嗎？」

李濤說：「這倒也是。」

金達想了想，問道：「他反映這塊地有問題，這些問題是否真的存在？」

李濤說：「都是些枝節上的小問題，不影響履行合同的。」

金達說：「既然這樣，就不能讓鄭勝為所欲為，他不接下這塊地可以，競拍保證金是一定要留下來的。」

李濤點頭說：「我也是這個意思。」

金達又說：「還有，這規劃部門是怎麼工作的？雖然是枝節上的問題，可是總是錯誤的，回頭你跟他們局長說一說，再不能這個樣子了。」

李濤趕緊說：「行，我回頭跟他們說一下。」

於是國土部門就拒絕了鄭勝退地的請求，要求海盛置業按照合同的約定繳納地價款，否則政府部門會依法處置。

鄭勝見費了一番周折之後，結果還是不能全身而退，心中便惱火萬分，他從國土部門知道了這都是市長金達的意思，便闖到了市政府來找金達。

金達看到鄭勝不請自來，知道他是為了仙龍地塊的事情而來，他雖然多少知道一點鄭勝的背景，可是他相信邪不勝正，因此心裏並不畏懼。

鄭勝一進門就惡狠狠地看著金達，說：「金達市長，你非要一點路都不留給我走嗎？」

金達笑了，說：「鄭總，我不知道你這是什麼意思？」

鄭勝說：「別裝了，你讓國土局不同意我退地，你就是想沒收我的競拍保證金是不是？」

金達說：「鄭總，這件事情，我想你誤會了，我們都是按照法律規定的程序來處理的，你如果不能按約定履行，就需要沒收保證金，這是市政府的規定，可不是我金達一個人決定的。」

鄭勝氣說：「別說好聽的了，市政府還不是你一個人說了算的。金市長，這幾千萬就是沒收了，你個人也是一分錢都得不到，何必跟我這麼較真呢？」

金達說：「鄭總，不是我要跟你較這個真，國家是有法律規定的，你當初參與拍賣就應該知道這其中的風險，弄到今天這一步，你只能怪自己。」

鄭勝的臉紅一陣白一陣，殺氣湧現，他瞪著眼睛看著金達，說：「我不知道什麼法律不法律的，金市長，我鄭勝是個什麼樣的人，我想你應該多少也知道一點吧？如果誰想給

我不自在，那我也不會讓他好過的。」

金達直視著鄭勝的眼睛，說：「鄭總，你這是在威脅我嗎？」

鄭勝說：「你想是什麼就是什麼。」

金達冷笑了一聲，說：「你不用這個樣子，有法律在，政府就必須按照法律執行，你威脅我也沒有用。」

鄭勝凶光畢露的上下打量著金達，好半天才說：「你行，我們走著瞧。」

鄭勝說完，一轉身走了出去，消失在門外。

金達的心情變得惡劣了起來，這是什麼貨色啊，真是囂張，竟然敢威脅起市長來了。

鄭勝怒火沖天的回到了海盛山莊，一揮手就將辦公室桌子上的東西全部掃到了地上去，他大罵道：

「王八蛋，金達，你找死，給你臉不要臉，竟然敢跟我鄭勝叫板，真是活膩了。你以為你當了市長就了不起啊，老子如果要對付你，幾分鐘就可以置你於死地。」

叫罵了一通之後，鄭勝的情緒稍稍平靜了些，他開始琢磨要如何教訓這個金達了。他雖然不是一個小氣的人，可是幾千萬畢竟是很大一筆錢，就這麼平白損失了，實在太令人心疼了，如果不去教訓一下金達，他這口氣實在咽不下去。

要怎麼教訓金達呢？鄭勝在辦公室裏轉來轉去，最後，他決定要故技重施，把當初對付吳雯的那一套再度用來對付金達。

鄭勝這種人是想做就做的，於是他立馬派人去觀察金達上下班出入市政府的行蹤，只有摸清了金達出入的規律，才好對他下手。

與此同時，坐在辦公室裏的金達接到了傅華的電話，寒暄之後，傅華聽出金達語氣中有些鬱悶，便說：「金市長，您的心情不好嗎？」

金達強笑了笑，說：「沒什麼啦，跟一些不相干的人生了點悶氣。」

金達不肯深談，傅華也不好追問下去，便說：「哦，正好，我有一個好消息要跟您彙報一下，聽了您也許心情就好了。」

金達說：「什麼好消息啊？」

傅華說：「利得集團在聽取了孫健的彙報之後，對我們的海川重機很滿意，要正式啟動跟我們的重組談判。」

「這倒真是一件好消息。」金達笑著說。

金達雖然是笑著說的，可是傅華仍然可以聽得出來他並沒有心情就變好了起來，看來自己這一次彙報的時機很不恰當啊，傅華便想早點結束這次的談話，說：「那金市長，等利得集團安排好行程，我會通知市政府的。您還有別的指示嗎？」

金達說：「你做的很好，我還指示什麼啊？」

傅華說：「那行，就這樣吧？」

金達卻不想結束談話，他說：「你先別急，傅華，你是不是再考慮一下，回市政府幫我的忙啊？」

這段時間許多令人疲憊不堪的工作，加上剛才受鄭勝的威脅，讓金達深感孤單，他覺得身邊沒有一個能信得過、能談得來的人真是不行，正好傅華打電話來，讓他再度動起邀請傅華到身邊來工作的念頭。

傅華聽出金達的心情比以往凝重很多，看來一定是發生了什麼事讓金達的心情大受影響，他才會這個樣子的。

這時他不能再不問了，傅華說：「金市長，是不是發生什麼事情了？」

金達嘆了口氣說：「唉，做這個市長真是什麼事情都能遇得到，竟然有人敢來威脅我。」

傅華一驚，說：「誰這麼大膽子？」

金達就把剛才鄭勝闖到市政府來的情形跟傅華說了。

傅華半天沒說話，他是海川人，對海川市比金達熟悉的太多了，鄭勝的情況他更瞭解，尤其是吳雯生前，曾有一次被土頭車撞了，差一點就喪命，雖然吳雯並沒有說這件事是鄭勝做的，可當時吳雯正跟鄭勝的海盛置業有衝突，吳雯多少透露了一點是鄭勝的意思。

這可要提醒一下金達，傅華忙說：「金市長，這個鄭勝你一定要注意，千萬不要以為他只是空口說說，他還真是會說到做到的。」

金達說：「他能幹什麼，難道他敢對一個市長下手嗎？」

傅華擔心地說：「真是有這個可能，你出入之間還是多小心些的好。」

金達說：「我不怕他，我依法辦事，問心無愧。」

傅華感覺金達有點意氣用事，便說：「金市長，我勸您還是小心一點為好，畢竟您讓鄭勝一下子損失了幾千萬，這筆數字非同小可，鄭勝為了這筆錢，可是什麼都能做出來的。」

金達說：「這是他活該，他當初喊出八億四千萬的高價，就應該知道會有這種結果，不能怪別人的。」

傅華笑說：「道理上是這麼說的，可是這個鄭勝可不是什麼講理的人，他若是真想要有什麼舉動，可是很難預料的。」

金達想了想，說：「好吧，我會多注意的。謝謝你對我的關心。誒，對了，說了半天，你還沒答覆我回不回來海川工作呢？」

傅華笑笑說：「金市長，說句自私的話，我這個人懶散慣了，就不去湊這個熱鬧了。」

金達嘆了口氣，他實際上早就想到傅華會拒絕他，便說：「那就算了，你呀，就在旁邊看我的熱鬧吧。」

傅華乾笑了一下，並沒有說什麼，他也知道金達處境有些艱難，可是就算他回海川，也不一定會改變什麼，金達面對的是整個官僚系統，個人在這個系統前的力量是微不足道的，多不多他一個人，影響幾乎是微乎其微的。

金達也知道自己是在強傅華所難，人其實都是自私的，傅華不願意回來也是在情理之中，便笑了笑，說：「傅華，你也不用不好意思，其實你給我的幫助已經很多了。就這樣吧。」

金達說完就掛了電話，傅華有些悵然，雖然他給了金達很多的幫助，可是他還是不能給金達最想要的東西。

金達現在是下車伊始，千頭萬緒，很多事情還是在一個熟悉階段，難免會有一些畏難的情緒，這個時候他其實最需要的是朋友的支持。不過傅華相信，以金達的聰明，很快就能從目前這種窘境中擺脫出來。

實際上，金達的表現已經很令傅華驚豔了，很多事情他處置的很得體，至於惹出鄭勝這些麻煩事，這是金達堅持原則的一種必然，他和鄭勝之間的矛盾是很難避免的，除非金達放棄他做人做事的基本原則。

原則這種東西雖然官員們每天都在喊，可是真正能夠落實到行動中的沒有幾個人，就算傅華也不敢說自己能夠堅持原則，金達就是這沒幾個人中的一個，而這也是金達令傅華敬佩的一點。

但雖然敬佩，傅華也明白要這麼做下去，金達面臨的處境將會很艱難，他並沒有勇氣去給金達做一個衝鋒陷陣的勇將，他也是一個平凡的人，他對金達的行為很多時候是心慕之，而實難行之。

這時手機響了，看看是蘇南的電話，傅華笑說：「南哥，找我有什麼事啊？」

蘇南說：「你中午有什麼安排嗎？」

「還沒，南哥有事？」傅華問。

蘇南說：「是的，中午到曉菲的四合院去吧，我有事跟你說。」

傅華說：「什麼事啊？」

蘇南說：「一兩句話說不清楚，見了面再說吧。」

中午，傅華開車去了四合院。到的時候，蘇南還沒來，曉菲看到傅華，高興地說：

「你終於捨得來了？」

傅華笑了笑，他現在並沒有刻意跟曉菲避不見面，可是也沒有恢復到像以往常常來四合院的樣子。

傅華說：「南哥約我來的。」

曉菲點點頭說：「我知道，南哥打了電話給我。」

傅華不自在的看了看四周，明知故問的說：「南哥還沒有來？」

曉菲瞅了傅華一眼，說：「你自己看不到嗎？」

傅華本來就是沒話找話，只好乾笑了一下。

曉菲說：「好啦，我領你去房間坐吧。」

傅華就跟著曉菲去了廂房，一進門，曉菲就撲進了傅華的懷裏，想去吻傅華。傅華趕忙想要推開，說：「不行啊，南哥一會兒就到了，被他看到了不好。」

曉菲蠻橫的說：「我不管，我就要吻你。」

曉菲說著，硬是去噙住了傅華的嘴唇，香舌侵略性的挑開了傅華的嘴唇，和傅華的舌頭糾纏在一起。

傅華擔心蘇南隨時會闖進來，雖有應和，卻並沒有全身心的投入進去，曉菲感受到了，就放開了傅華。

兩人整了整衣服，曉菲斜睨了傅華一眼，說：「你這個膽小鬼，你就那麼怕我們的事被別人知道嗎？」

傅華尷尬的笑了笑，這段感情讓他始終有一種不知所措的感覺，他說：「曉菲，以你的條件，應該可以找得到比我更好的……」

曉菲說：「你這麼說什麼意思，你以為我是在買東西嗎？條件更好的，我在認識你之前就遇到過很多了，實話說，我的男性朋友中，比你帥的，比你官大的，比你有錢的，都有很多，我不知道為什麼，偏偏喜歡上你這個歪瓜裂棗。」

傅華笑了，說：「算了吧，當我沒見過你的朋友啊，那都是些什麼人啊？一個個都假惺惺的。」

曉菲立刻抓到把柄，說：「不是吧，你是在罵南哥假惺惺的？」

傅華愣了一下，他忘了蘇南也是曉菲的朋友，趕忙說：「南哥當然不算了。」

說曹操曹操就到，蘇南這時走進了四合院，問服務員：「傅華到了沒？」

曉菲連忙摸了摸自己的頭髮，有些不放心的問傅華：「我頭髮沒亂吧？」

原來曉菲也擔心被蘇南看出她跟傅華親暱的端倪，傅華取笑說：「亂了有什麼關係，你不是不怕別人知道我們之間的關係嗎？」

曉菲眼睛瞪了起來，說：「快說亂沒亂，這個時候還開玩笑。」

傅華愛惜的伸手將曉菲一縷亂了的頭髮整理好，曉菲情不自禁的把臉往他的手心裏偎了俍，兩人心中都有一種情愫在流動，渴望能夠馬上相擁在一起，可這時服務員已經領著蘇南往廂房這邊走了，傅華和曉菲不得不迅速的分開。

蘇南推門進來，笑著說：「傅華啊，你到了有一會兒嗎？」

傅華說：「我也是剛到。」

蘇南看了曉菲一眼，說：「曉菲也在？誒，曉菲，你的臉怎麼這麼紅啊？」

曉菲慌亂的看了傅華一眼，隨即說道：「南哥來啦，是這樣，剛才傅華罵你假惺惺來著。」

曉菲為了掩飾自己的尷尬，就又扯回了傅華說她的朋友假惺惺上面去了。

蘇南笑了笑，看著傅華說：「傅華，我最近沒做什麼對不起你的事情吧？」

傅華瞪了曉菲一眼，他本是無心把蘇南罵在其中的，沒想到曉菲會在蘇南面前抖露出來，他心想：既然你要來害我，那我也來逗逗你好了。

傅華便笑了笑說：「南哥，我倒還真這麼說過，不過，我說這話是有緣由的，你先別生氣，聽我從頭跟你講起。」

蘇南笑說：「還這麼複雜啊，好吧，你說吧。」

傅華說：「是這樣的，剛才曉菲跟我討論了一下，我和她之間究竟算是一種什麼關係。」

說到這裏，傅華故意頓了一下，斜看了曉菲一眼。

曉菲緊張了起來，以為傅華真的要把兩人之間的關係說出來，急忙說：「南哥，我是跟你開玩笑的，其實傅華也不是真心要罵你的，只是他說我的朋友都有些假惺惺的，忘記了你也是我的朋友了。」

蘇南笑了起來，說：「我就知道傅華不會罵我的。」

傅華見曉菲把事情解釋了過去，心裏暗自好笑，心想原來你也怕南哥知道我們的關係啊，便說：「那當然了，我怎麼會罵南哥呢，曉菲這是想故意陷害我。」

蘇南聽了，頗感有趣地說：「曉菲啊，我怎麼覺得你今天有些怪怪的，一會兒說傅華罵我，一會兒卻又幫他解釋，是不是你跟他之間有什麼事情瞞著我啊？」

蘇南一下子說中了曉菲和傅華心中最擔心的事，曉菲的臉騰地一下紅了，說：「南哥，你瞎說什麼？」

傅華也趕忙掩飾道：「沒有啦，誒，南哥，你不是說找我來有什麼事情嗎？什麼事啊？」

蘇南看了看兩人，他並沒有往那方面去想兩個人，因此並沒有深究下去，便笑了笑說：「反正你們倆今天都有些怪怪的。對了，還是說我找傅華來的目的吧。傅華，你知道誰主動聯繫我了？」

傅華和曉菲偷著對視了一眼，各自都鬆了一口氣，還好蘇南轉了話題，不然再這樣下去，兩人都不知道會不會露餡。

傅華接著蘇南的話說：「是誰啊，南哥？」

蘇南說：「我不說你肯定猜不到，是劉康。」

傅華驚訝的叫了起來，說：「劉康？他聯繫你幹什麼？」

蘇南看了看傅華，說：「你說呢？」

傅華想了想，蘇南和劉康最近一段時間有交集的只有海川新機場項目，劉康聯繫蘇南，肯定也是逃不了與新機場有關，便說：「是海川新機場項目？」

蘇南點點頭，說：「傅華，你果然聰明，劉康找我，就是為了新機場項目，他問我有沒有接手新機場項目的意思？」

傅華再次感到了意外，說：「他不想做海川新機場了？當初他可是費了好大的勁才得手的。」

蘇南說：「是啊，他不想做下去了，他的解釋是他感覺自己老了，想要退出商界，移民到海外養老。」

傅華訝異地說：「他覺得自己老了？不會吧，他才多大的年紀啊，雖然他比我們要大很多，可是商界上，這個年紀正是掌權的風光時候，怎麼會急流勇退了呢？」

蘇南也說：「對啊，我心中也很詫異，想當初他跟我爭這個項目的時候，可是勁頭十足的。因此我並不相信這個解釋，我心中更懷疑這新機場項目是不是出了什麼問題了。傅華，你認識海川方面的人，可曾經聽說過新機場項目發生過什麼變故嗎？」

傅華說：「沒有哇，不過，現在外在的形勢已經發生了很大的變化，徐正猝死，現任的海川市代市長金達是一個跟徐正截然不同的人，要說有什麼變故，對劉康來說，這可能是一個最大的改變，這讓他失去了政府方面最強有力的支持。」

蘇南說：「這個改變對劉康來說可能是致命的，他是靠關係才將工程攬下來的，現在失去了這個靠山，他就失去了將工程繼續下去的根基啦。」

傅華搖搖頭，說：「按說，這不應該成為劉康退出的理由，金達是一個很正派的人，不會故意去為難劉康的，除非這個工程本身中就存在問題，劉康失去了徐正的庇護，問題可能快暴露出來了，因此他才急於退出。」

蘇南說：「我也是有些擔心這個，因此並沒有馬上就答應劉康願意接手。」

傅華看了看蘇南，說：「南哥有打算接下新機場項目？」

蘇南笑笑說：「這個項目可以做很長一段時間，如果沒什麼問題，接下來不是不可以。傅華，你怎麼看？」

傅華搖搖頭，說：「我不贊成接，現在局面很複雜，劉康已經做了一段時間，其中有沒有問題很難說，有些問題可能就是存在，一時也發現不了。這裏面還牽涉到跟當地政府之間的關係，如果海川市政府不同意，這個項目轉移起來也很困難，我覺得保險起見，還是不沾為妙。」

蘇南說：「你說的也很有道理，這很可能是一個大麻煩，我就聽你的，不去碰它吧。」

傅華說：「南哥，你現在在機場建設這方面還有業務啊？」

蘇南說：「已經是萎縮狀態了，可是一時半會兒還很難收攤，有那麼多人要靠著這個公司吃飯，不安置好他們，我於心不忍。誒，傅華，劉康已經準備要離開國內了，你查那件案子查出個什麼結果來了嗎？」

傅華苦笑了一下，說：「有什麼結果啊，我還被騙了十萬塊呢，我岳父嚴令我不得再查這件事情，所有的線索也都斷了，案子已經卡住了。」

蘇南猜測說：「你說，劉康急於出手新機場項目，會不會與這件事情有關？」

傅華搖了搖頭，說：「我不知道，不太可能吧，所有的線索都已經被劉康切斷了，他應該沒什麼要害怕的了吧。」

正說著，蘇南的手機響了起來，蘇南接了電話，他的助理告訴他，公司一個很重要的客戶突然到了公司，請示蘇南要如何接待？這個客戶是延續父輩而來的，對蘇南的公司十分重要，他自然不敢慢待，就說自己馬上就趕回去。

掛掉電話，蘇南看了看傅華和曉菲，說：「抱歉，我就不奉陪兩位了。我要先走了。」

傅華有些無奈，剩下他要跟曉菲單獨相處，不過這時候再說要離開，會讓曉菲更加不高興的。

傅華說：「沒事，南哥你有事就去忙吧。」

蘇南就匆忙離開了。

傅華和曉菲送他離開後，又回到了廂房。

一進廂房，曉菲就狠狠搥了傅華肩膀一下，說道：「你這個壞蛋，你跟南哥說探討我們之間的關係是什麼意思啊？」

傅華笑著說：「你不是說不怕別人知道我們之間的關係嗎？」

「我倒是不怕，你能不怕嗎？我這不是想給你在朋友面前留面子嘛。再說，我們之間算是什麼關係啊？朋友不是朋友，情人不是情人的！」說著，曉菲的眼圈紅了起來。

他們兩人之間的關係確實是很尷尬，傅華不願意把關係繼續深入，即使曉菲一再聲明不會讓他感到負擔；另一方面，曉菲也不願意放手，傅華老是欲迎還拒，既不讓她徹底得到，又時不時給她一絲希望，這一絲希望雖然渺茫，卻讓她知道傅華也是在乎她的。

還沒有一個男人曾經給過她這樣的感受，越發讓她感到有趣，也越發不捨得放棄。

更重要的是，傅華並沒有貪戀什麼，不論是她的身體還是她可能帶給他的利益，這在曉菲的生活中是少之又少的，也是曉菲不捨的另一個原因。

男女之間有時候是很難說得清楚的，就像曉菲說的，比傅華帥的、有錢的、官大的多的是，偏偏她就是喜歡上了他，還是一個已經結婚的人，又不肯為了她離婚，可她就是喜歡，怎麼也放不下。

曉菲看了看有些不知該說什麼的傅華，不由得嘆了口氣，說道：「冤家啊，我上輩子真是欠了你的。」

拿人手短

秦屯恨恨地看著鄭勝的背影，心說：
你竟敢蔑視我堂堂一個市委副書記，倒楣也是活該。
不過，終究秦屯拿過鄭勝太多的好處，所謂的拿人手短，
秦屯雖然不高興，也只能在心裏發發牢騷而已，不敢拿鄭勝怎麼樣。

刀疤臉再也沒有露頭，時間越長，劉康就越感覺心慌，他知道像刀疤臉這樣的混混是不會甘心低調的，他們這種人，骨子裏就有一種躁動因子，長時間不惹是生非根本不可能。

所以刀疤臉如此長時間不出現，可能性只有一個，就是被人控制住了。能把事情控制到這麼滴水不漏的人實在是太可怕了，一想到這個神龍見首不見尾的人物，劉康就感覺後背涼颯颯的，這種敵人是最恐怖的，你根本就不知道他的底細，更不知道他會在什麼時間發起進攻。因此，劉康就越發想要趕緊離開國內，到了外國，敵人的手再長，也是鞭長莫及的。

再是，從金達毫不客氣的沒收鄭勝競拍保證金這件事情上，劉康也看清了金達對海川新機場項目可能持有的態度，金達對他的客氣根本就是一種姿態而已，骨子裏，這個金達跟徐正執政時期的那個金達是一樣的，並沒有因升遷了就有所改變，因此，劉康就明白，不能對金達抱任何的幻想了。

因此，劉康才打電話給蘇南，詢問將項目出讓的可能性。劉康打算只要蘇南願意接手，他可以適度的壓低價格，力求早一點將項目套現，好早日從海川脫身。

現在一個人獨處的時候，劉康心中十分後悔接手新機場這個項目，這個項目不但毀了他最心愛的女人，毀了他最得力的手下，而且到現在，他還沒有從中得到預期中的效益；

相反，他的康盛集團被牽進去很多人力物力，弄得他現在脫身不得。

劉康感覺這個項目再發展下去，很可能會成為他的滑鐵盧，接二連三的出事讓劉康明白，現在勢頭已經變壞了，時運正向著與他期望的相反發展。

蘇南的答覆再次印證了劉康認為自己在走背運的感覺，蘇南在思考了一段時間後，簡單的回絕了他，蘇南說，他的機場建設業務已經準備慢慢收起來，目前開始轉向投資，因此謝謝劉康的好意，他不能接下這個項目。

一開始，劉康還以為蘇南這是一種討價還價的手法，這個新機場項目當初可是蘇南打破頭都想爭取的，適度的壓低價格蘇南肯定會接受的。可是很快劉康就明白，蘇南是真的不感興趣，即使他在價格上做出很大的讓步，蘇南仍然沒有意願。

這一次的如意算盤再次沒打響，劉康不由得暗自感嘆，人要是走了背運，還真是做什麼都不順啊。

蘇南本來是最有可能接手的人，現在他拒絕，劉康只好重新尋找可能接手的人選。可是一時半會兒又從哪找出能夠接手的人呢？

這讓劉康心中煩躁不已，偏偏還有人不識趣，在這個時候跳出來想惹事，這個人就是海盛置業的鄭勝。

其實，劉康雖然收編了鄭勝，卻一直沒有很相信他。劉康接觸鄭勝這種人物太多了，這種人可以為了威勢或者利益來投靠你，也可以隨時變臉出賣你。因此劉康在用鄭勝的同時，也對他心存戒心，隨時讓人注意鄭勝的舉動。

鄭勝從金達那裏回來之後，就安排人去監視金達的行蹤，劉康知道這個情況後，馬上就意識到了鄭勝想要幹什麼，他知道鄭勝是怎麼對付吳雯的，鄭勝這一行為擺明了是要故伎重演。

知道了鄭勝的意圖，劉康驚出了一身冷汗，但不是擔心金達的安危，他現在也巴不得金達出點什麼事情，不能再做海川市的市長，但他可不想這點事情是由自己手下的人去製造出來的。

一個地級市的市長如果遭遇到什麼意外，一定會在海川市，甚至東海省引起震動的，尤其是這個意外還是被人別有用心加害的。到那個時候，東海省公安廳、海川市公安局一定會把海川市翻個個，從而查出加害市長的凶手的。

真要認真查起來，鄭勝肯定是逃脫不掉，這傢伙做事並不機密，當初加害吳雯，被小田輕易就抓到了馬腳。

鄭勝這個莽夫出事倒無所謂，可是他知道的內情太多，一定會牽連到自己身上，那時候，自己別說想脫身了，還可能會遭遇到牢獄之災。

不行！一定要制止鄭勝，因此劉康就叫鄭勝過來自己的辦公室。

鄭勝一臉暗沉的來了，劉康心說，倒楣的人是不是都這樣啊？臉上烏濛濛的，被黑氣籠罩著，這大概就是古人說的印堂發暗吧，不知道自己臉上是不是也是這個顏色？

鄭勝說：「劉董，叫我來有什麼事情？」

劉康說：「你最近一段時間在忙什麼啊？」

鄭勝笑了笑，說：「沒忙什麼啊，都是工程上的一些事情，老一套。」

劉康看著鄭勝，說：「那找人盯著金達市長，也是老一套嗎？」

鄭勝愣了一下，說：「你怎麼知道我在找人盯著金達？」

劉康冷笑一聲：「我們現在是在合作搞新機場項目，兩方的人馬交集太多，互相的事情誰還能瞞住對方？」

鄭勝說：「是這樣啊。哎，這個金達實在太壞了，臺階都做給他了他都不下，非要沒收我的競拍保證金不肯，害我平白損失了幾千萬，不教訓教訓他，實在是咽不下這口氣。」

劉康上下打量了一下鄭勝，說：「你是不是不知道天高地厚？市長也是你能教訓的？你以為你是海川市的老大啊？」

鄭勝不服氣的說：「市長有什麼了不起的，老子說弄死他就能弄死他，怎麼了，不行啊？」

劉康火了，叫道：「鄭勝，你有沒有腦子啊？你以為自己做事機密嗎？當初吳雯的事情，我是不想鬧大，不然早就把你送進去了，就你那做事破綻百出的手法，還沒等人查，你就可能自己暴露了出來。這次你招惹的不是吳雯那種平頭百姓，而是一方的父母官，到時候恐怕警察挖地三尺也會把你找出來的。」

鄭勝不屑的說：「你別把警察看的那麼聰明。」

劉康冷冷的說：「我不是認為警察會怎樣的聰明，我只是覺得你太蠢了，根本就不是玩這些的材料。你要找死，我不會攔你，但是你不要把我們都牽連進去。」

鄭勝急了，說：「你看不起我？」

劉康說：「你要想別人看得起，先要自己掂得清輕重。我警告你啊，不要再想怎麼去對付金達了，這段時間如果金達有什麼閃失，你信不信我第一個先滅了你？」

鄭勝馬上想到那晚小田出現在他的床前，如果小田當時想要他的性命，他可能早就不能喘氣了。雖然劉康否認小田是他派來的，可是誰又知道到底是不是他派的呢？

鄭勝也是識時務的人，他看了看劉康，沒好氣的說：「既然劉董要保金達，我不動他就是了。」

劉康說：「這就對了，我這麼做也是為了大家的安全，如果我現在不做新機場的工程，你怎麼動他都是無所謂的。」

鄭勝心裏的氣卻很難壓下，說：「好啦，我知道了，劉董這裏如果沒有別的事情，我先回去了。」

劉康知道鄭勝心中仍是憤憤不平，不過他此刻沒有心情去勸導鄭勝，他覺得自己已經壓服了鄭勝，應該沒什麼問題了，便說：「我沒事了，你先回去吧。」

鄭勝甩門而去，把一臉凝重的劉康留在了辦公室。

劉康嘆了口氣，這傢伙竟然敢這麼跟自己耍狠，要不是自己現在還用得到他，一定會收拾了他。

鄭勝回去越想越氣，劉康這個傢伙憑什麼如此對待自己？損失幾千萬的可不是他，是自己，憑著這幾千萬，弄死金達這個王八蛋也是不多的。

不過，鄭勝也不敢輕易去惹怒劉康，這不單是劉康背後那股勢力可以威脅到他的生命，更是因為他現在從劉康手中分包工程，一定程度上，劉康還掌握著他的經濟命脈。

可是不出這口氣，鄭勝心裏別提有多彆扭了，他一向為所欲為慣了，一再吃癟卻能把這口氣咽下去，實在不是他的風格。

想來想去，鄭勝決定轉移目標，劉康不是說不讓他對付金達嗎？可以，那就不對付金達，轉而去對付造成自己損失幾千萬的另一個罪魁禍首，那就是伍弈。

根本上說，這件事如果不是伍弈從中作梗，根本就不會有什麼八億四千萬，那自己可能已經以很低的價格將仙龍地塊買到手了，如果是那樣，自己不但不會損失金錢，還能從這塊土地上賺取一大筆錢。所以給自己造成慘重損失的，根源還是在伍弈身上。

那就把準備對付金達的手段轉移到伍弈身上吧。伍弈啊，也該是你倒楣，自己本來想對付了金達再對付你，既然金達有人護著，那就先送你上路吧。

伍弈忙了一天，晚上又應酬礦管局的一位副局長，這位副局長十分能喝，又能鬧酒，伍弈不能不陪著喝，因此散席的時候，伍弈已經有了幾分的酒意，就在保安小王和小劉的護送下回了家。

自從開罪了鄭勝，伍弈出入都讓這兩個保安跟著自己，好照顧他的安全。

車開到了家門口，小王先下車，開了伍弈座位旁的車門，說：「伍董，到家了。」

伍弈正靠在車座上假寐，聽小王這麼說，抬頭看了看，說：「哦，到了。」

伍弈下了車，小王問道：「伍董，要不要送你上去？」

伍弈說：「我沒事，你以為我喝多了，才沒有呢。我自己能走。」

伍弈就往樓道裏走，走了幾步之後，他又轉了回來。

小王詫異的問道：「伍董你還有事嗎？」

伍弈說：「我有點累，你們倆跟我跑了一天了，肯定也很累，走，我請你們兩個洗腳去。」

小王就去開車門，說：「那伍董上車。」

伍弈笑笑說：「上車幹什麼，就在社區門口，那裏停車也不太方便，你們把車停在這裏，我們走著去。」

小王和小劉就停好車，陪同伍弈去了社區門口一家洗腳休閒城。伍弈點了三個漂亮的小姐，三人領著小姐進了房間。

一番折騰之後，三人渾身輕鬆的出了洗腳城，伍弈問道：「怎麼樣，舒服吧？」

小王和小劉都說：「真是太舒服了，謝謝伍董了。」

伍弈笑著說：「謝什麼，你們舒服就好，這幾天你們陪著我跑前跑後的，我這也是犒勞你們。我跟你們說，有錢就這點好，想享受點什麼就享受點什麼。你們啊，要想辦法多掙錢。」

小劉笑著說：「我們再怎麼賺，也無法跟伍董您比啊！」

伍弈笑了，說：「年輕人別說得這麼沒志氣，話說我在你們這個年紀的時候，飯都吃不飽呢……」

三人就這麼閒聊著進了社區，往伍弈家走去。

時間已經過了午夜，社區裏十分靜謐，路上除了伍弈三個人，沒有別人。已經到伍弈的家門口了，誰都以為這一晚應該算是可以平安過去了。

突然身後響起了汽車加速的聲音，伍弈還沒意識到危險，不高興的轉過身看了看，罵道：「是誰啊，有沒點公德心啊？這麼晚開車不能慢點嗎？」

只見一輛車開著大燈直奔過來，明亮的車燈照得伍弈睜不開眼，他腦海裏閃過一個念頭，不好，便想往一邊躲，可是已經晚了，車子直直撞了過來，將伍弈龐大的身軀撞飛了起來，飛到了幾米開外的地方。

車子撞到伍弈之後，並沒有減速，反而加速衝過去，輾過了伍弈的身子，緊接著飛快的消失在遠處。

這一切幾乎是在瞬間發生的，小王和小劉都被驚呆了，等他們反應過來，衝到伍弈身邊，伍弈早已是鼻口冒血，對小王和小劉喊他沒有絲毫的反應了。小王和小劉連忙報警，叫救護車。

等救護車趕到，伍弈已經沒有了呼吸。由於來不及送醫，醫生便在現場進行了一番急救，又是人工呼吸，又是電擊的，可是毫無作用，伍弈就這樣離開了人世。

警察迅速在全市各重要路口設立關卡，堵截肇事車輛，可是由於當時事情發生得太過突然，小王和小劉都沒來得及看清車號，即使看得清車號，可能也是假的。警察的堵截就沒有了明確的目標，只是根據小王和小劉對車型的大概描述，堵截車上有撞痕的類似轎車。

但是警察忙了一晚，根本就沒找到一輛可能是肇事車輛的轎車，肇事車輛瞬間消失了，警察連點線索都沒找到。

根據現場和小王小劉的描述，這是一起典型利用轎車故意殺人的案子，案情十分惡劣，被害人伍弈又是本市著名的企業家，海川市公安局自然是十分重視，第二天一早局長就向市政府作了彙報。

金達聽完後，十分震怒，嚴詞批評了公安局：「伍弈也算對海川市有著卓越貢獻的一名企業家，就這樣被暗害了，我們的公安局究竟是怎麼維護我們的社會治安的？又怎麼能讓百姓安居樂業？」金達最後要求公安局組織精幹力量，盡全力偵破此案，給海川市民和伍弈的家人一個交代。

公安局立刻組成了專案小組，由局長親任組長，督促專案小組儘快破案。

但是除了知道肇事的是一輛轎車之外，警方並不掌握任何其他線索，幾個可能跟伍弈有過利害衝突的嫌疑人一一被排除，案子走進了死胡同，警方也是束手無策。

這其中也包括海盛置業的鄭勝，可是鄭勝在事發當晚正在一家夜總會跟朋友狂歡，包括他的朋友和夜總會的服務員都證實鄭勝整晚都在夜總會，鄭勝就有了不在場的證明，被排除在嫌疑人之外了。

傅華聽到伍弈車禍離世的消息時，正在跟頂峰證券的談紅討論利得集團要如何收購重組的問題。

突然接到丁益的電話，丁益在電話裏告知傅華，伍弈被人故意製造車禍謀害了。

傅華心裏有一個聲音在叫著，鄭勝這傢伙還是動手了，他的目標竟然針對了伍弈！下一步，這傢伙會不會對金達下手呢？

傅華問丁益：「目前兇手有沒有找到？」

丁益說：「兇手早有預謀，撞完伍弈就消失了。」

傅華又問了丁益市裏各方面對此事的反應，結束了這段通話。

掛了電話之後，傅華對談紅說：「不好意思啊，談經理，突發事件，我一個好朋友被謀害了，我有些事情要回去處理，我們改天再約吧。」

談紅說：「行，你去處理吧。」

傅華就離開頂峰證券，上了車撥電話給金達。

金達接通後，傅華說：「金市長，我聽說了伍弈的事情。」

金達說：「公安局跟我彙報了這件事情，目前他們正在全力緝拿凶手。」

傅華說：「您應該能猜到凶手可能是誰吧？」

金達說：「你是說鄭勝嗎？」

傅華說：「除了這傢伙，不會是別人了。」

金達說：「雖然我們都猜測可能是鄭勝，但是我們沒有任何證據證實這一點啊。」

傅華有些煩躁了起來，吳雯的案子被困也是因為證據不足，現在伍弈出事，卡住的也是證據，他心中憤恨不已，忍不住叫了起來：「證據，什麼都要證據，這些壞蛋就是吃準了這一點，才敢這麼肆意妄為的。」

金達沒料到傅華會這樣激動，勸說：「傅華，你先冷靜一下好嗎？需要證據才能定罪，這是法律規定的，公安他們也並沒有什麼錯。」

傅華意識到自己的失態，苦笑了一下，說：「不好意思，金市長，我是因為又一個朋友被害，卻無能為力，所以心情有些焦躁。」

金達笑笑說：「你不用跟我道歉，我知道，你的心情我能理解。」

傅華擔心地說：「先別說這些了，金市長，您最近更要多加小心，我怕鄭勝不會就這麼輕易罷手，說不定他下面的目標就是您，我打電話就是想提醒您，一定要小心防範，別讓他再得逞了。」

金達說：「我知道了，傅華，我會多加注意的。」

傅華又說：「我認為，對鄭勝一定不能放鬆調查，雖然目前找不到證據是鄭勝做的，但是除了他，沒有別人會這樣做，我想，您是不是在適當的時機提醒一下公安局的同志，要多加注意鄭勝。」

金達沉吟了一會兒，說：「傅華，這是公安局業務方面的事情，我干涉太多，會不會不太好？」

傅華說：「這有什麼，這是合理懷疑嘛，最近這段時間，只有鄭勝跟伍弈發生過衝突，鄭勝本人也許有不在場證據，可是他的手下呢，這種事情他應該也不會傻到自己親自動手的地步。」

金達想了想說：「你說的很有道理，回頭我私下跟公安局局長說一下。這件事情很棘手，牽涉到香港上市公司的董事長，山祥礦業必須要在香港證券市場發佈公告，那時候，香港媒體必然會知道這件事情，對我們海川市的影響極壞。」

傅華說：「這是壞事，也可以變成好事，若是引起了香港媒體的注意，必然會加強相關領導的重視，一定會加大對案件的偵破力度的。這樣就可以儘快剷除鄭勝這個惡瘤了。」

金達說：「希望能這樣了。誒，傅華，利得集團那邊有什麼進一步消息嗎？」

人大會召開在即，金達希望能拿出一份亮麗的成績單，從而使自己能夠順利轉正，海川重機如果能順利獲得重組，對金達將是一個利好消息，因此他自然很關心這件事情。

傅華說：「我剛從頂峰證券出來，利得集團提出了一個收購框架協議，談經理大致跟我談了一下，利得集團準備第一步先出資收購海川重機百分之六十七的股份。」

金達說：「利得集團真是夠精明的了，百分之六十七，正好過了三分之二的絕對控制權的門檻，他們真是多一份力都不肯出啊。」

傅華笑了笑說：「這些商人都是精明透頂的，不過，這也是可以談的，這還只是一個初步的框架協議。」

金達說：「是可以談，不過退市大限即將來臨，我們可沒多少要價的本錢。」

傅華說：「我盡力爭取吧，其實像我們海川重機這樣沒什麼債務糾葛的上市公司並不多，我們這個公司盤子小，又乾淨，對頂峰證券和利得集團是有一定誘惑力的。」

金達說：「那行，不過要加快進度。」金達就掛了電話。

傅華開車回到駐京辦，高月和羅雨找了過來，高月和羅雨現在大致確定了關係，也見過雙方家長，這次伍弈出事，兩人就想請假回海川奔喪。傅華點頭同意了，他對伍弈的意外過世也感到十分的悲傷，向兩人表達了自己對伍弈的哀悼之情。

山祥礦業為伍弈舉行了隆重的追悼會，伍弈雖然死了，可山祥礦業仍在，山祥礦業的影響也在，因此海川市的頭面人物紛紛到場。

金達也到場致辭，他高度評價了伍弈，讚揚伍弈帶領山祥礦業給海川市做出的巨大貢獻，最後，金達說一定會督促公安部門儘快破案，以告慰伍弈在天之靈。

秦屯也參加了這場追悼會，他是市委副書記，在海川地面經營多年，跟山祥礦業也有一定的聯繫，因此接替伍弈位置的伍弈兒子伍權，也邀請他出席追悼會。

秦屯作為市委副書記，也在追悼會上念了悼詞，最後在家屬的感謝下，離開了會場。

秦屯雖然跟伍弈並沒有過深的交情，可是想到伍弈這樣一個億萬富翁，轉瞬之間就陰陽兩隔，就是再有更多的資產又能如何呢？秦屯由人及己，心中莫名的悲傷了起來。

回到辦公室，鄭勝已經等在那兒了，見到秦屯，鄭勝不高興的說：「參加個破追悼會怎麼花了這麼長時間啊？」

秦屯不高興了起來，瞪了鄭勝一眼，說：「你尊重一下死者好不好？就算伍弈生前跟你有些矛盾，他現在已經走了，有什麼意見也應該過去了。」

鄭勝罵罵咧咧的說：「過去個屁，不是這傢伙，我會損失幾千萬嗎？叫我說，他死了我也不解恨。」

秦屯懷疑的看了眼鄭勝，外面有很多傳言，說伍弈的死是鄭勝一手策劃的，是因為鄭勝記恨伍弈害他損失了幾千萬，才下死手殺人報復的。

秦屯說：「鄭勝，伍弈這件事情不會真是你做的吧？」

鄭勝笑了笑，說：「當然不是了，我也是有身價的人，財產雖然沒有伍弈多，可是在海川也算數得著的，殺人害命這種違法的事情我是不會做的。不過，伍弈死了，我還是很高興的，不知道是那個傢伙幫我出了這口氣，找到他，我一定會好好謝謝他的。」

秦屯懷疑的看了看鄭勝，他並不相信鄭勝所說的話，便說：「你真的沒做？」

鄭勝說：「我真的沒做，秦副書記，你不能沒什麼證據就隨便懷疑人吧？」

秦屯冷笑了一聲，說：「你這話就像是凶手說的，什麼沒有證據不能隨便懷疑人，有證據早就抓你了。」

鄭勝一副冤枉的樣子說：「咳，我還真是跳到黃河也洗不清了。」

秦屯說：「你本身就不清白。」

鄭勝反駁說：「話不能這麼說，我承認我並不是一個規矩的商人，可是伍弈這件事我是沒膽子做的。誒，秦副書記，你這是什麼意思啊？不會是人家請你參加了個追悼會，你就要幫他們追查凶手吧？真要是那樣，你的目標可是錯了。」

秦屯說：「我才沒那閒工夫呢，不說這個了，你今天來是找我幹什麼？」

鄭勝說：「是這樣，現在海川的人似乎跟你秦副書記都犯了一個毛病，上上下下都因為我跟伍弈有過矛盾，就把懷疑的目標對準了我，現在公安偵查的方向也放在我的身上，這樣下去可不行啊。秦副書記，你也知道我手裏有些生意並不完全那麼合法，公安這麼查我，會把我查死的。」

鄭勝敏感的意識到伍弈出事之後，雖然表面上公安將他排除在嫌疑人之外，可是並沒有放鬆對他的注意，甚至私底下把他當成了查案重點。在這種關注之下，他的海盛山莊很多違法的勾當就不敢再進行了。他很怕公安會以這些作為突破口，將他控制起來，逼迫他交代加害伍弈的事情。

他新近損失了一大筆錢，那些暴利的不法勾當再停下來，他的損失就有更加擴大之勢，這怎麼不令他心疼萬分呢。

秦屯看了看鄭勝，故意說：「你不是與伍弈這件事無關嗎，你怕什麼？」

鄭勝說：「我真的是無辜的，只是別人都在懷疑我，我能有什麼辦法？」

秦屯說：「那你想我怎麼做？」

鄭勝央求說：「你能不能幫我跟政法委和公安局那邊說一說，不要老把關注的焦點都放在我身上，我是一個生意人，這樣下去，我的生意要怎麼做啊？」

秦屯說：「你讓我在這個時候幫你打招呼？你有沒有腦子啊？現在伍弈被害的事，香港媒體已經大幅報導了，很多報導都在質疑我們海川的投資環境和治安情形，說什麼像山祥礦業這麼大企業的董事長都能被人加害，其他商人的安全更是無法保障了。據說公安部還特別向省廳瞭解過這個案子，省廳更是不敢疏忽，一再督促我們海川公安局趕緊破案，你這個時候讓我去給你打招呼，你是想讓他們懷疑我嗎？」

鄭勝咋舌說：「有這麼嚴重啊？」

秦屯說：「你以為呢？我告訴你，省市兩級的主要領導都在關注這個案子，你啊，最近給我夾著尾巴做人吧，那點違法的小勾當還是暫時停了，別讓人抓了把柄，當了替罪羊。」

鄭勝抱怨說：「真是倒楣，我最近接二連三的受損失，偏偏年關將近，用錢的地方又多，實在是有點左支右絀啊。」

年關對建築業來說是一個大關，通常建築業都是在年關前結算工人這一年的薪水，別看建築工人的薪水並不高，可是全部的人加到一起，那可就是一個可觀的數字了。

今年的工資本來早應該發下去了，鄭勝卻因為財務困難，已經拖了些日子。再者，一到年關，也是打點各相關部門的一個很重要的時候，一個打點不到，可能下一年度就會被給顏色看，這也是馬虎不得的，因此每到年關，鄭勝都要籌集很大一筆錢應付開支。

以往的年關他都還能應付的過去，可今年發生了這些事情，就讓他有點困窘了。

秦屯說：「那也沒辦法，你想想別的辦法堅持一下吧，我可不想在這個時候跳出來給人當做目標。」

鄭勝苦笑了一下，說：「我要是能有別的辦法，就不會來找你了，現在銀行裏我還欠著一大筆貸款，借貸這條路顯然是走不通了。」

秦屯說：「那你找找劉康不行嗎，你分包他的工程，從他那裏拿點款項也是正常的。」

鄭勝搖了搖頭，說：「很難，你不知道，那個老東西對新機場項目可能有別的想法了，想從他那裏擠出點錢來很難。」

秦屯詫異地說：「劉康有別的想法？他想要幹什麼？」

鄭勝說：「這老傢伙並沒有明說，可是我看他最近的動作都是在收縮業務，我很懷疑他在找人接手新機場項目。」

秦屯愣了一下，說：「他想撤出海川？」

鄭勝點點頭，說：「是，自從徐正死了之後，這老傢伙的態度就開始謹慎了起來，現在可能是見形勢不太好，就想要趕緊撤走。他身邊的人跟我說，這段時間劉康一直在聯繫一些機場建設公司，甚至還聯絡了以前跟他一起競標的振東集團的蘇南，如果不是急於出手，他又怎麼會跟以前的對手打交道。」

秦屯聽了，說：「這還真像是打算撤走的樣子。」

鄭勝說：「不過也不太容易，我聽說蘇南拒絕了，其他幾家機場建設公司都不願意蹚這個渾水，劉康據說為此也很焦躁，這時候你讓我去找他，他又怎麼會有心情搭理我呢？」

秦屯冷笑說：「你找我，我就有辦法了？」

鄭勝說：「不管怎麼樣，你是海川市市委副書記，在這個地面上總是有些影響力的，你肯定有辦法。」

秦屯說：「你讓我幫你打招呼這件事情，我不會去做的；錢的問題，貸款不行，你可以再想想別的管道，像當鋪、地下錢莊之類的，這方面你肯定比我有辦法。」

鄭勝說：「你讓我去借高利貸？」

秦屯說：「就是借高利貸也沒辦法，眼前你必須給我收斂一點，忍過了這段時間，什麼就都好辦了。」

鄭勝不滿地叫說：「你叫我怎麼忍啊？我鄭勝這些年大手大腳慣了，苦日子可是一天都過不下去的。秦副書記，你我可不是一天的交情了，你可不要為了愛惜自己的羽毛，就不肯幫我這個忙。」

秦屯一聽，也火大了，說：「你這是什麼意思啊？我叫你收斂一點是為了你好，這也是形勢逼到這份上了，你不收斂一點撞到槍口上，大家都要跟著你倒楣的。」

鄭勝無奈地說：「我這不也是沒招了嗎？你總不能讓我一個大老闆把車子房子抵押給當舖去換錢吧？我鄭勝在海川也是大老闆啊，這要傳出去，我的臉往哪兒擱啊？海川的人要怎麼看我啊？」

秦屯勸說：「鄭勝啊，都到這個時候了，你還在乎這一點毫無意義的面子嗎？少了這點面子，你就過不下去了是嗎？」

鄭勝不高興的說：「商人的面子就跟你們官員的職務一樣，別人對你的尊重和你在社會上能不能吃得開，都是靠這個面子在撐著，你試試，如果你不是市委副書記，別人誰會把你當回事？」

秦屯煩躁地說：「你這個人，怎麼就是說不通呢，你做那些也只是暫時的嘛，等這段危機過去，你還是海盛置業的老闆，誰能不尊重你啊？」

鄭勝搖搖頭說：「那不行，商人一旦失去了支撐門面的那些東西，就是在社會面前失去了信譽，現在的人你又不是不知道，先敬羅衫後敬人的。要不這樣，你幫我跟銀行好好說說，再讓我貸一筆款出來，我先過了這個難關再說。」

秦屯說：「這不好辦，現在銀行跟地方政府之間的關係與以前大不相同了，他們也有業績考核的壓力，你前面還有幾千萬不知道什麼時候能夠還得上呢，我就是給你打招呼了，銀行也得給我頂回來。」

鄭勝瞅了秦屯一眼，說：「這不行那不行的，不知道你還有什麼能行的？煩死人了，走了。」

說完，鄭勝站了起來，也不理會被他說得臉上紅一塊白一塊的秦屯，逕自離開了辦公室。

秦屯恨恨地看著鄭勝的背影，心說：你竟敢這麼蔑視我堂堂一個市委副書記，倒楣也是活該。不過，終究秦屯拿過鄭勝太多的好處，所謂的拿人手短，秦屯雖然不高興，也只能在心裏發發牢騷而已，他仍然不敢拿鄭勝怎麼樣。

第六章

跑部錢進

潘濤說：

「老弟啊，像你做這個駐京辦主任，很多時候在忙什麼，不都是在拉關係、跑部錢進嗎？國家可是三令五申禁止這樣的，你不還是在做嗎？」

傅華總覺得有什麼不對勁，可是又說不出什麼來。

鄭勝滿心煩躁的回了海盛山莊，時至中午，正該是海盛山莊熱鬧的時候，以往這裏來吃午飯客人的豪華轎車，都會把山莊的停車場塞得滿滿的，可是現在鄭勝看到的，只有兩輛破舊的車停在那裏。

這都是因為海川公安局現在盯上了這裏，那些有誘惑力的節目不敢搞了的結果，現在的人功利得很，你這裏不能給他帶來快樂，他馬上就會轉到別家去享受了。

鄭勝在肚子裏問候了秦屯的八輩子祖宗，這傢伙吃了自己那麼多好處，關鍵時候卻做了縮頭烏龜，不肯幫自己出頭，害得自己這個冷清的局面還要持續一段時間。

鄭勝停好了車，來到自己在山莊的辦公室，到了辦公室門口，鄭勝的臉更加陰沉了，因為他看到了包工頭老梁。這時他想起，停車場那兩輛破舊的車中，有一輛似乎就是這個老梁的，難怪有些眼熟。

老梁是鄭勝手下最大的包工頭，手裏掌控著一百多名建築工人。他是一個五十多歲的黑臉漢子，來自鄰省一個偏遠的山區縣。現在一些發達城市的人都不願意從事又苦又累的建築業，海川也是一樣，鄭勝從本地找不到足夠的建築工人，只能從鄰省去找。

鄭勝打開辦公室的門，心知老梁跑來，是來要工人的工資的，不高興的瞅了老梁一眼，說：「老梁，你不待在工地上，跑我這兒幹什麼？」

老梁說：「鄭總啊，你這不是明知故問嗎？你看都到年關了，弟兄們都等著回家呢。」

鄭勝耍無賴地說：「行啊，如果他們急著回家，工地可以早一點放假嘛，找我幹啥？」

老梁急了，說：「鄭總啊，你怎麼能這麼說啊？你不發工資，弟兄們拿什麼回家啊？」

鄭勝笑了笑，說：「老梁啊，我今年遇到了一點倒楣的事，手頭有些緊，你去幫我跟工人們說一說，工錢嘛，我是一定會發給大家的，只不過年前怕是不行了，等過了年，過了年我馬上就發給大家。」

老梁叫了起來，說：「那怎麼行啊！好多弟兄還等著這筆錢過年呢。鄭總，我們這些工人賺的都是辛苦錢，年吃年用，沒有餘錢的，你就當可憐我們，把工錢趕緊發給我們吧。」

鄭勝本來就在秦屯那裏生了一肚子氣，此刻見老梁又來催工錢，心中更加煩躁了。秦屯是市委副書記，鄭勝就算看不起他，多少還忌憚點，不得不給他留點面子；而老梁就不同了，老梁不過是一個替自己幹活的包工頭，竟然也敢跟自己找麻煩，鄭勝不由得火了，叫道：

「老梁，你是不是聽不明白人話啊？我跟你說了，我現在沒錢，你就是說破頭，年前工錢我也是不會發的。」

老梁說：「鄭總，你怎麼能這麼不講理呢？我們當初可是講好年關一定發工錢的，你一個大老闆，成天吃香喝辣的，出入都是幾百萬的名車坐著，又怎麼能剋扣我們這點微薄的工錢呢？」

鄭勝聽了，指著老梁叫道：「你別囉嗦了，我說發不出來就是發不出來，識趣的趕緊給我滾蛋，不然的話，我可對你不客氣。」

老梁的倔勁上來了，說：「我是不會離開的，兄弟們是跟著我出來的，我就有責任幫他們拿回工錢。再說了，鄭總你做的是市政府的工程，怎麼說也不能賴我們工人的錢，這個國家有規定的。」

鄭勝叫道：「國家規定頂個屁用，它能當錢花嗎？如果能的話，你拿著國家規定回家過年好了。」

老梁冷笑一聲，說：「鄭總，你別以為我們工人好糊弄，回頭我就領著兄弟們去建設局反映你們海盛置業剋扣工錢的情況，到時候我看你給是不給。」

鄭勝氣炸了，一個工人敢這麼跟自己叫板，真不知道我鄭勝是什麼人啊，他伸手狠狠的扇了老梁一巴掌，叫道：「還反了你了，你去打聽打聽，我鄭勝也是你可以隨便招惹的嗎？」

老梁被打，也火了，伸手就來拉扯鄭勝，叫道：「你憑什麼打人？」鄭勝在海川橫行了多年，欺負人慣了，見老梁來拉扯，一肚子火正沒地方發呢，頓時對老梁拳打腳踢了起來。

老梁自然不肯就這樣被打，也拳來腳去的還擊。

老梁雖然年紀比鄭勝大，可常年在工地上勞動，筋骨俐落的很。相反，鄭勝雖然是混混出身，這些年卻早被酒色淘虛了身子，三下兩下之後就落了下風，被老梁在左眼眶上兜了一拳，左眼頓時腫了起來。

鄭勝見勢不好，打開辦公室的門跑了出去，扯著嗓子叫道：「來人吶，人都死到哪裡去了？」

山莊的保安們衝了出來，就看到老梁跟在鄭勝身後追打。老闆被打，這還了得，保安們就上來控制老梁。老梁正在氣頭上，如何肯住手，便跟保安扭打了起來。

老梁勁大，上來四個保安才控制住，將老梁按在了地上。

鄭勝這時威風了起來，上來狠狠踢了老梁腦袋幾腳，然後吩咐保安：「給我使勁打，王八蛋，還敢跟我動手！」

保安們立即湧上來，對地上的老梁拳打腳踢了好半天，地上的老梁已經不動了，有保安覺得老梁可能已經被打得過頭了，便請示鄭勝怎麼辦。

鄭勝並不在乎，叫道：「什麼怎麼辦，給我扔出莊園，別髒了我的地方。」

保安們就將昏迷不醒的老梁扔在莊園外的路上。

老梁手下的人見老梁很長時間都沒回去，打老梁的手機也沒有人接，感覺可能出事了，便有人跑來山莊看情況，看到昏迷在路邊的老梁，趕忙將他送往醫院搶救。

幸好老梁皮糙肉厚，雖然遍體鱗傷，卻並不致命，醫生搶救不久後就蘇醒了。

蘇醒後的老梁講了自己被打的經過，工人們聽說老梁是為了幫他們討薪才被打的，無良的老闆鄭勝不但不給錢，還把人給打成這樣，工人們簡直氣炸了，在醫生給老梁包紮了之後，便找了個門板，抬著老梁就直奔市政府而去，他們要為老梁和自己討個公道。

出現在市政府門前的，不僅僅是老梁手下的一百多個工人，還有一些在鄭勝手底下的小包工頭，也帶著人跟著一起衝到了市政府門前。

他們各自都跟鄭勝討要過今年的工錢，鄭勝都以種種藉口推脫，現在看老梁被打成這樣，知道今年這工錢怕是很難要了，便有心借著老梁被打的機會也跟著鬧一場，也許能逼著鄭勝發工錢。

幾百號人頓時將市政府大門堵得水泄不通，工人們叫著：「黑心老闆不給工錢還打人，請市長出來主持公道！」點名要金達出來，跟工人們見面。

金達正在市政府裏面開會，市政府辦公室的人把情況彙報給他。

金達聽完，問清了是海川新機場項目工地上的工人討要工錢被打，十分震怒，馬上就接通劉康的電話，劈頭就說道：

「劉董，你究竟是怎麼回事啊？怎麼新機場工地上的工人鬧到了我們市政府來了，政府每一筆錢不都按期撥付給你了，你怎麼還欠工人的工資啊？欠錢不說，還把人打傷了？」

劉康不知道是怎麼回事，困惑的說：「沒有哇，我都是按時支付工資的。」

金達火了，說：「什麼沒有，外面幾百號工人抬著被害人正堵在市政府門口呢！難道這些人都是憑空冒出來的？」

劉康心裏便猜測到可能是鄭勝那邊出事了，趕忙說：「金市長，你先等一下，我查一下。」

金達說：「你查清楚馬上跟我彙報。」

金達扣了電話，就出了會議室，直奔市政府大門，其他人跟在他的身後。

到了工人面前，金達趕緊來到老梁面前，去查看老梁的傷勢。

周邊的工人並不認識金達的長相，便有人去攔金達，金達說道：「我是市長金達，你讓我看一下這位老同志傷成什麼樣子。」

工人們讓開了，金達就走近了老梁，只見老梁遍體鱗傷，身上包紮的樣子看上去慘不忍睹，金達悲憤地道：「怎麼能這麼對待這位老人家呢，公安局的人哪裡去了？給我通知公安局局長，讓他馬上到現場來。」

便有人趕緊打電話通知公安局長向斌。現場的工人被金達悲憤的聲音震住了，大家都看著金達，等著看金達下面要做什麼？

金達環視了四周一下，說道：「誰能告訴我，究竟是怎麼回事？」

便有膽子較大的工人講了事情的經過，金達聽完，想了想說：「大家辛苦了一年，要自己的工錢是天經地義的，海盛置業不但不付錢，還將人打傷，這個行為實在是太惡劣了。請大家放心，我金達保證還大家一個公道，不但保證大家拿到工錢，還要嚴懲打人的凶手。」

這時，建設局長和公安局長向斌匆忙趕了來，兩人一過來就跟金達說對不起，金達說：「別跟我說對不起，都是因為你們的疏忽，才讓我們的工人同志們受了委屈，你們對不起的是他們。」

建設局長和公安局長就分別跟工人們道了歉，建設局長表示一定督促海盛置業發放工錢，向斌也表示一定會嚴懲凶手。

這時，劉康的電話打了過來，金達到一邊接通了，劉康報告說：「對不起，金市長，

事情是海盛置業那邊發生的，我剛核實過了，那邊的工資確實沒發。」

金達說：「這麼說，工人反映的情況屬實了？」

劉康說：「是，我已經嚴厲批評了鄭勝，他跟我保證，一定馬上就發放工資。」

金達說：「我不相信他的保證，新機場項目是市裏的重點工程，鬧出這種事情影響十分惡劣，市政府方面不能坐視不管。我看這樣吧，由市政府先從你的到期應付的項目款中撥出工人的工資，發放給他們，你再去跟鄭勝要錢吧。」

劉康說：「這不好吧，我付給鄭勝的錢已經很多了。」

金達說：「這我不管，這是新機場項目的事，必須趕快解決，你是總承建商，這個責任你逃脫不了。」

劉康雖然不願意，可是也知道逃不過，只好無奈的答應道：「好好，金市長你看怎麼安排好，就怎麼安排。」

這時，建設局長和公安局長已經道歉完了，工人們的目光卻多集中在金達身上，他們要等金達的表態，因此都沒有離開的意思。

金達看了看工人們，說：「我知道大家擔心什麼，大家怕海盛置業不能兌現承諾。這個請大家放心，我剛才跟新機場項目的總承建商康盛集團的董事長通了電話，他同意由市政府從項目應付款項中先撥出應給大家的工錢，發放給大家，讓大家好回家過年。市政府會給大家登記，統一安排發放工錢，這下大家放心了吧？」

政府出面給工人們發工錢，這個安排確保了每個人都能拿到錢，這讓工人們喜出望外，工人們高喊著：「謝謝金市長，您真是一個好市長，我們總算能夠回家過個好年了。」接著，工人們撲通撲通都給金達跪了下來。

金達慌了，趕忙去拉工人，喊道：「大家不要這樣，我不過是做了我應該做的事情而已，大家快起來。」

市政府的人跟金達一起好不容易把工人們拉了起來，建設局長就讓工人們跟著他去建設局，他負責一定發錢給大家。工人們就跟著建設局長走了。老梁則被先送回了醫院，刑警來給老梁做了筆錄，隨即去海盛山莊將幾名保安抓走了。

本來，向斌還想拘留鄭勝，可鄭勝見機不好，打電話給秦屯，要秦屯一定想辦法幫自己一把。這個時候秦屯不好見死不救，就打電話給向斌，幫鄭勝求情，他說鄭勝一定會負責賠償老梁一切的損失，讓向斌放他一馬，就不要拘留他了。

向斌大致上瞭解了案情，法醫也做了一些基本的查驗。老梁雖然看上去很慘，可是身上大多是皮肉傷，這些大多是保安們打的，真要算起來，就算鄭勝是主謀，頂多也就是把他拘留幾天，因此他也犯不上做惡人，非要拘留鄭勝不可，就答應秦屯放鄭勝一馬。

只是這件事情已經上通市長了，如果被害人老梁再鬧起來，向斌也無法替鄭勝遮掩，便要求鄭勝趕緊去醫院給老梁道歉，只要老梁不追究了，公安這邊也不會多管閒事的。

到了這個時候，鄭勝也知道不能再耍強了，只好老老實實到醫院去給老梁道了歉，老梁也不是得理不饒人的人，見鄭勝主動低了頭，也就答應不再追究。

鄭勝賠償了老梁的損失，公安局拘留了他手下的保安幾天，就把人都放了出來。這麼一番折騰，鄭勝多多少少又花了一點錢，手頭就更加拮据起來，偏偏這個時候，劉康找上山莊來了。

在那天劉康詢問了他情況之後，鄭勝都在躲劉康，他知道金達扣了劉康的工程款，用來給自己手下的工人發工資，他曉得劉康肯定是來把這筆錢要回去的。

鄭勝忙把劉康讓著坐了下來。

劉康笑著說：「鄭總啊，你的事情忙完了嗎？」

鄭勝說：「忙完了，真是喪氣，這次被一幫工人擺了一道，我都懷疑那個老梁是送上門來故意要讓我打的。」

劉康不屑的看了鄭勝一眼，說：「鄭總是不是以為人人都像你一樣，什麼事情都玩陰謀？」

鄭勝看了劉康一眼，說：「劉董，你別這個樣子嘛，我知道這一次你幫了我一把，讓我度過了難關，你放心，回頭我一定好好謝謝你的。」

劉康冷冷的說：「謝謝倒不必，我是被逼著幫你出這筆錢的，現在鄭總的事情已經過去了，是不是可以把這筆錢還給我了？」

鄭勝說：「這個嘛，劉董啊，不用這麼急吧，我在你手裏有工程，回頭在工程款中扣就是了。」

劉康說：「不行，這筆錢我是有急用的，不能讓你慢慢扣。」

鄭勝陪笑著說：「不是吧，劉董，以您的身價，不會就等這幾百萬用吧？」

劉康說：「不好意思，我就是等著這幾百萬急用，還請鄭總想辦法趕緊還給我。」

原來這筆錢劉康是要匯到國外去，做他投資移民投資用的。

鄭勝這時候哪裏拿得出這筆錢啊，他說：「劉董，你也知道我最近發生了一些事，手頭實在已經是沒錢了，你稍稍寬限我些日子，好不好？」

劉康早已無心戀棧，一心只想早日擺脫海川這邊的事務，又怎麼會讓鄭勝欠自己這麼一筆錢不還呢？

劉康說：「不行，我這筆錢的用途是早就打算好的，你拖著不還，我很難辦的。」

鄭勝苦苦哀求著說：「劉董，我們認識這麼久了，真的這麼點交情都沒有嗎？你也知道，我現在山莊的業務基本上都處於停滯狀態，不但沒什麼收入，還要貼錢維持，這時候你逼我還這麼一大筆錢，你讓我去哪裡弄啊？你就從我們合作一向良好的角度出發，也要讓我緩一口氣啊。」

劉康冷冷說：「鄭總，山莊業務為什麼停滯，我想原因你是很清楚的，這都是你自找的，怪不得別人，你也別拿這個做藉口。」

鄭勝說：「什麼我自找的，劉董你是什麼意思啊？」

劉康說：「別以為我不知道你做了什麼，你如果有為我們的合作考慮，今天也不會這麼倒楣。」

鄭勝看了看劉康，想從劉康臉上看出他究竟知道了些什麼，劉康神色如常，鄭勝看不出什麼來，便說：「劉董，你究竟是什麼意思？我鄭勝做錯了什麼了嗎？」

劉康冷笑一聲，說：「何必裝糊塗呢？你自己做了什麼，自己還不清楚嗎？」

鄭勝覺得劉康是在詐自己，劉康可能跟別人一樣，猜到伍弈出車禍的事情是自己做的，但是並沒有什麼證據，因此出言試探自己，便冷冷的說：「我不清楚，劉董你可能是誤會我了。我一向奉公守法，並沒有做什麼出格的事情。」

劉康冷笑了一聲，說：「鄭總，你當我劉康是什麼人啊？我會像金達那些人那麼好糊弄嗎？信不信我能把你那晚開車的司機找出來交給警方啊？」

鄭勝頓時臉上冒出了冷汗，像見了鬼一樣恐懼的看著劉康，那晚的司機，本來是鄭勝的一個老部下，這個人不是海川人，來海川打工時遇到了鄭勝，鄭勝賞識他一身好功夫，特別提攜他，讓他給自己做了貼身的保鏢。後來那人因父母身體不好，就回老家去了，鄭勝當時還給了他一筆錢，讓他回家做生意。因為伍弈這件事，鄭勝才把這個人秘密叫了回來。

撞死伍弈後，鄭勝給了他一筆錢，讓他回原來的地方去，並嚴令他沒有自己的准許，不准在海川露面。

這件事情，鄭勝以為做得神不知鬼不覺，前後都是自己在跟此人聯繫，就連他的手下都不知道，但劉康竟然知道，這傢伙簡直是太可怕了。

劉康笑說：「鄭總，你不用這麼看著我，如果我不能完全掌握你的情況，我是不會跟你合作的。你放心吧，我並沒有興趣把這件事情告訴警方，我想要的只是你欠我的錢，希望你不要讓我失望。」

鄭勝苦笑了一下，說：「劉董啊，你如果真的瞭解我的情況，就應該知道我現在手裏真的沒錢了，你這麼來逼我，可是有點趕狗入窮巷的味道啊。」

劉康冷笑一聲，說：「鄭總，我跟你有點不同，我這個人向來是欺硬怕軟的，像那種老工人辛苦一年賺的辛苦錢，我是不會打主意的。偏偏就是你這種人，自以為很強，卻又柿子專揀軟的捏的人，我還真想碰一下。」

鄭勝不但不付工錢，還打了來要工錢的包工頭，在劉康來說，是最討厭這種人了。

劉康自認為自己是鋤強扶弱的俠義之人，正因為如此，他才會幫助吳雯脫離仙境夜總會，幫吳雯開展她的事業，卻並不想從中求取什麼回報。那種感覺就像是俠客救了一個陷落風塵的美女一樣的好。

劉康覺得鄭勝剋扣工人工資還打人，是一種惡霸盤剝窮人、欺負窮人的惡劣行為，現在他來要錢，也是想稍稍懲戒一下鄭勝。

鄭勝訴苦說：「劉董，我確實沒有錢啊。我就是想還錢給你，也是有心無力啊。」

劉康冷冷地說：「沒錢就別開那麼好的車、住那麼好的房子！你可以把這些東西抵押出去。」

鄭勝聽了，說：「劉董啊，你這樣就是沒商量的餘地了？我現在可是真的沒錢了，你再逼我我也沒辦法。是，伍弈那件事是我做的不假，在你面前我也不用裝了，不過，我們也算合作這麼長時間了，你就不怕我真出事了，先把你咬出來？你當初跟徐正玩的把戲，別人不知道，我可是一清二楚。到時候如果我出了事，我想有很多人會跟著倒楣的。」

鄭勝這是要起了無賴，他已經想清楚了跟劉康之間的利害關係，因此並不害怕劉康把自己謀殺伍弈的事情揭露出來。

劉康搖了搖頭，說：「鄭總啊，到這時候你還能說出這麼一番話來，我挺佩服的，說明你混成今天這個局面也是有兩把刷子的。」

鄭勝以為劉康被說服了，便鎮靜了下來，笑了笑說：「劉董，你這就是誇獎我了。說實話，兄弟我也很佩服你控制局面的能力。」

劉康陰陰的看了鄭勝一眼，說：「你既然佩服我控制局面的能力，就應該知道我是如何掌控局面的，你以為我把伍弈那件事情揭露出來是想要脅你嗎？你錯了，我劉康到現在為止，還真沒有向警方出賣過一個朋友，不然的話，我也不會在社會上有今天的地位。」

鄭勝愣了一下，說：「那劉董說那件事情，究竟是什麼意思？」

劉康說：「我是告訴你，你在背後做的事情是瞞不住我的，而且，我已經講了最近一段時間不要惹事，你仍然敢對伍弈下手，就是公然冒犯了我。」

劉康語調的陰沉，讓鄭勝感覺後背陣陣發涼，他還沒忘記當初小田出現在他床前的景象，趕忙說道：「不是啊，劉董，你當時是說不能對金達下手，我就聽你的話放棄了啊。」

劉康說：「這勉強算是你聽了我的話，所以這一次，我只想拿回自己的錢，別的我就不想多追究了。我如果是你的話，一定會趕緊想辦法把錢湊出來還掉，否則，後果怕是你很難承擔的。」

鄭勝相信劉康一定有辦法對付自己的，他的心沉到了谷底，知道自己是無法跟這個魔鬼對抗的，便嘆了口氣，說：「劉董啊，我真是怕了你了，你的錢我湊給你就是了。」

劉康笑笑說：「這就對了嘛，大家是合作夥伴，就應該替對方多想想。」

鄭勝心裏暗罵：你這個王八蛋，你想的都是你自己，又何曾想過我啊？卻不敢表露任何不滿，強笑了一下，說：「劉董放心，我儘快湊給你就是了。」

跟利得集團之間的談判，很快就定局了，海川方面並沒有多少討價還價的餘地，海川重機也並沒有多少時間，他們希望能在剩下的一年時間中儘快扭虧，因此基本上都是按照利得集團的條件達成了框架協議。

雙方達成一致後，潘濤將傅華找到了頂峰證券去，說有些事情需要跟傅華事先溝通一下。

傅華到了潘濤的辦公室，談紅也在，各自寒暄了一番，傅華就被讓到沙發上坐了下來。

潘濤說：「老弟啊，你對談經理這段時間的工作還滿意嗎？」

傅華點點頭，說：「很好，談經理不愧是專業人士，我跟她學到了很多東西。」

潘濤笑說：「談紅啊，傅老弟對你的評價很高啊，他這個人可是不輕易誇人的。」

談紅嫣然一笑，說：「傅主任真是謬讚了。」

傅華說：「我說的可是實話。」

潘濤笑說：「那這個評價更高。」

談紅說：「那我就再次謝謝了。」

傅華說：「好了，潘總叫我來，大概不是想讓我們這麼謝過來謝過去的吧？到底有什麼事啊？」

潘濤笑了，說：「當然不是僅僅為了感謝了。老弟，我們都是自己人，有什麼話我就敞開跟你說了。」

傅華開玩笑說：「這個開場白似乎不像是好事。」

潘濤笑了笑，說：「你這就錯了，我關照朋友的可都是好事。老弟啊，下面只要海川市和利得集團在協議上正式簽字，海川重機重組的工作就算啟動了，這對我們來說，可是一個大好的機會啊。」

傅華說：「那當然，我想這次重組對海川重機、利得集團和頂峰證券，都是一個很好的機遇。」

談紅撲哧一聲笑了出來，說：「原來傅主任是這樣理解潘總的話的。」

傅華愣了一下，說：「怎麼，我理解錯了嗎？」

潘濤笑笑說：「老弟沒理解錯，這確實對我們三方都是一個很好的機遇，不過，我這裏面還有更深一層的意思。這次我們可以全面掌控海川重機的重組訊息，利得集團和頂峰證券都認為是一個大好機會，我們想在二級市場上做一些必要的操作，以降低重組的成本。老弟，這單生意是你介紹過來的，做哥哥的不能虧待你，你也跟著我們做吧。」

傅華納悶地說：「你們想幹什麼啊？潘總，當初我可是有言在先，我想要的是真的能帶給海川重機重生機會的那種重組，可不是讓你們來玩資本炒作的。」

潘濤笑說：「你這個人真是的，我又沒說不做實際性的重組，放心吧，我們頂峰證券和利得集團一定會把海川重機打造成一個優質的上市公司的。可是也不是說不能玩資本運作，這兩者並不矛盾。何況在重組過程中，有很多資本運作的機會，就算我們頂峰證券不做，外面的同行也會以為我們做了，所以我們就不必枉擔這種虛名了。」

傅華看了看潘濤和談紅，懷疑地說：「這個不是違背國家的有關規定嗎？」

潘濤說：「老弟啊，很多事情都是違背國家規定的，像你做這個駐京辦主任，很多時候在忙什麼，不都是在拉關係、跑部錢進嗎？國家可是三令五申禁止這樣的，你不還是在做嗎？」

傅華總覺得有什麼不對勁，可是又說不出什麼來，便說：「可是這樣會不會有什麼問題啊？」

潘濤不以為意地說：「有什麼問題，這是這個行業中公開的秘密，大家都在這麼做，你不做反而會被人當成傻瓜的。」

談紅在一旁說：「傅主任，其實你是顧慮太多了，這不過是重組的一個操作手法而已，你大可放心，不會出什麼問題的。」

傅華搖了搖頭，說：「也許在你們看來沒什麼問題，可是在我來看，卻不是那麼回事，這件事情我是不會參與的。」

談紅對潘濤說：「潘總，我跟你說傅主任不會願意加入的，你看吧！」

潘濤笑了笑，說：「老弟不願意參與也無所謂，我不強人所難。不過，今天在這裏發生的一切，希望老弟不要跟任何人講。你要知道股市上抓的是先機，如果消息洩露了出去，我們可能會滿盤皆輸的。」

傅華看了看潘濤，說：「我是不會跟外面的人說一個字的，不過……」

潘濤打斷了傅華話，說：「沒什麼不過了，只要老弟能夠保密就行了。這件事情就到此為止，我們不要再談論了。」

潘濤就換了話題，開始談起重組中的一些細節問題，談完之後已近中午，潘濤說：「傅老弟啊，本來我應該留下來陪你吃飯的，可是有一個約會早就定好了，這樣，就讓談經理陪你吃頓飯吧。」

傅華笑笑說：「潘總既然有事，我也回去吧，沒必要麻煩談經理了。」

潘濤說：「別呀，老弟，到我這兒，中午連頓飯都不管，讓賈主任他們知道了，會覺得我慢待了你。」

談紅故意說：「傅主任不會是嫌我分量不夠吧？」

傅華笑說：「本來想說大家都這麼熟了，就沒必要弄這些俗套，既然兩位這麼說，我只好留下來了。」

潘濤笑笑說：「這麼熟就更應該不拘禮了，好了，小談，你可要把傅老弟招待好啊。」

談紅說：「潘總放心，我會把傅主任招待好的。」

潘濤就匆忙離開了。

財色兼收

傅華趕忙介紹說：「這位是我太太，趙婷，這位是章鳳，海川大廈的總經理。趙婷，這位是談紅，頂峰證券的業務經理，潘濤潘總手下的得力助手。」

談紅笑說：「傅主任，尊夫人真是很漂亮啊。你可真是財色兼收啊。」

談紅看了看傅華，說：「傅主任，說吧，想吃什麼？」

傅華笑笑說：「我客隨主便，談經理帶我到什麼地方，就到什麼地方吧。」

談紅又問：「那吃中餐呢還是西餐呢？」

傅華想到和談紅上次去吃藍龍蝦的經過，藍龍蝦雖然美味，可是那一次的帳單也貴得可以，傅華當時是自己掏腰包請客，付賬時就有些心痛。

傅華怕談紅領自己再去一次藍韻吧，就笑了笑說：「中西餐都可以，只是不要再去藍韻吧，那地方雖然很好，終究不是很對中國人的脾胃。」

談紅聽了，說：「這個意思，傅主任是想吃中餐了，行啊，我知道該領你去什麼地方了。這個地方正好是你們這些官員們最想去的地方。」

傅華好奇地說：「什麼地方啊，會是我們官員最想去的？」

談紅賣關子說：「先不告訴你，去了就知道了。」

談紅回辦公室簡單的收拾了一下，就帶著傅華離開頂峰證券，來到了柏悅酒店，坐電梯上了五樓。

談紅指著餐廳的招牌說道：「你說，這個地方是不是你們做官員的人最想去的地方？」

傅華看了看餐廳的名字，不由得笑了起來，這地方確實是當官的人最想去的地方，原來餐廳的名字叫「主席台」，天下有哪個官員不願意享受主席台的榮光啊？

看看裏面，冷冷清清，並沒有那些高談闊論的食客，看上去一點不像一個餐廳的樣子，整個大廳倒很像一個公司的前臺大廳，高貴、安靜。

漂亮的服務員笑著問傅華和談紅有沒有訂位，談紅搖了搖頭，服務員說：「那請兩位稍等，我看看有沒有空的房間。」

傅華說：「不用麻煩了，我們就兩個人，在大廳隨便吃點就好了。」

談紅笑了起來，說：「傅主任，你是第一次來吧？這裏只有包間，大廳不能就餐的。」

傅華笑了，說：「看來我是土包子了。」

服務員查了一下，給兩人找了一個最小的包間，領著兩人進去了。

雖然是最小的，可是在傅華眼中仍然很大，應該足有四五十平米，這在北京已經比很多家小餐館要大的很多了。房間裏面有獨立的洗手間、衣帽櫃和配菜室，整個房間裝飾得古色古香，雕花的窗櫺，帶有那種獸頭把手的門，青花的瓷器，黃花梨木的案几。

傅華看到這些，就知道這頓飯肯定不會是便宜貨色了，這裏肯定也是北京頂級的餐廳之一。這個談紅真是會享受，總是會找到這種奢靡的場所。

坐定後，談紅介紹說：「這裏只有十六間大小不同的包間，每一個房間都是一個獨立的單位，客人可以在裏面獨立的完成就餐的全部過程。」

傅華笑說：「那麼大的大廳空在那裏不用，可真是夠浪費的。」

服務員在一旁聽了，笑說：「先生，這是我們餐廳注重客人隱私的一種設計，務必讓每位客人都能得到最尊貴的享受，讓客人們在這裏用餐不會受到任何干擾。」

服務員這樣一強調，傅華突然覺得整個空間似乎顯得曖昧了起來，可以不受任何外來的干擾，倒是很適合情人幽會的地方。傅華抬眼去看談紅，談紅似乎並沒有受服務員這番話的影響，神色如常。

談紅開始點菜，點了紹興醉大連鮑、冬瓜盅、秘製陳皮肋骨、魚翅龍蝦湯撈飯、松露蛋撻煎鵝肝……等許多招牌菜色。

點完之後，傅華不禁說道：「談經理啊，我真有點佩服你，業務上你是一把好手，享受上你也是一把好手，聽你點的這些菜，就知道是個老饕。」

談紅笑說：「人嘛，辛苦工作為什麼？不就是為了能享受的好一點嗎？工作上我可以沒日沒夜地打拼，追求最完美的工作成績；生活中我也一樣，也要追求最完美的享受。」

這倒是一個不錯的生活態度，一切力求完美。既辛苦工作，也拼命享受。

談紅抬起頭，看了看傅華，笑說：「傅主任大概很少來這種地方吧？」

傅華說：「這倒是。」

談紅說：「看來進入豪門似乎也不是很自由啊？」

傅華不解地說：「你這是什麼意思，我老婆一家人對我很尊重啊。」

談紅搖了搖頭，說：「尊重？這可不是一個融洽的家庭應該有的辭彙。家人應該是親密無間的，就算對方冒犯了你，你都應該感到親切，因為某些舉動不是最親近的人是做不出來的。」

傅華愣了一下，他還從來沒從這方面去想過，細想一下，趙凱夫婦對自己雖然很客氣，可是還是不能達到親密的程度。不過轉過頭來一想，似乎跟岳父母的關係就是這個樣子的，因為即使再親，畢竟那不是自己的親生父母，終究還是隔了一層。

傅華心中便有些釋然，笑笑說：「我覺得沒什麼不好的啊，岳父母和女婿之間就應該互相尊重的。」

這時菜肴陸續上來，談紅笑了笑，沒再說什麼，開始專心在美味的菜肴上了。

紹興醉大連鮑和冬瓜盅十分鮮美，體現了粵菜以鮮為主的特色，傅華覺得中規中矩，在意料之內，倒是秘製陳皮肋骨讓人有些出乎意料，秘製醬汁包裹著嫩滑的牛肋骨，帶著一絲橘香，那份神秘的味道讓人欲罷不能。

魚翅龍蝦濃湯撈飯則是結合了龍蝦汁的鮮，番茄的酸甜與海膽的滋補，在傳統魚翅撈飯上面畫上了多彩的一筆。松露蛋撻煎鵝肝一口咬下，蛋撻的酥香，鵝肝的嫩滑，松露獨特的香氣與茼蒿的清爽，各種味覺體驗一湧而來，讓人回味悠長。

談紅也是大快朵頤，連讚美味，似乎人生最快樂的莫過於如此了。

吃完飯之後，談紅並沒有急著離開，而是要了一壺茶跟傅華慢慢品著。

喝茶的時候，談紅說：「傅主任，你看，這裏是北京最繁華的地帶，坐在這裏品茶，感覺是世界上最美妙的事情了。」

傅華笑說：「這有什麼啊？一點小享受而已。」

談紅搖了搖頭，說：「對你來說，可能不算什麼，因為你已經進入了上流社會，你想來，可以每天都來；而我呢，只能借光一下，才能過來享受一番。我們的層次不一樣啊，傅主任。」

傅華笑說：「怎麼會不一樣？我倒覺得你享受的比我高級，應該是你的層次比我更高才對。」

談紅說：「你這就大錯特錯了，我來這兒不代表我達到了這裏的層次；我迷戀這裏，只是代表我還不能常常享受這裏。你就不同了，你知道嗎？你身上有一種貴族的氣息，你對這一切並不是不接受，甚至也很享受，可是你並不迷戀，這就是一種貴族的性格，對一切對很淡然的性格。」

傅華搖了搖頭，說：「我不知道你從哪裡的來的這一套怪理論，我覺得我是一個很平凡的人，可能埋在人堆裏都找不出來的平凡。」

談紅環視了一下整個房間，說道：「其實傅主任你跟這裏真是很襯，這裡也有一種低調的風格。」

傅華說：「再低調也是奢華，北京城寸土寸金，那麼一個大廳就空在那裏……」

傅華還沒說完，談紅呵呵笑了起來，說：「不會吧，你到現在還在為大廳耿耿於懷，這可有點煞風景了。」

傅華笑說：「所以我跟這裏風格是不一致的，這裏充滿了物質的氣息，而我本人對物質的要求是很低的。」

談紅掃興地說：「好啦，怕了你了，這麼好的地方，本來可以玩一點小資情調的，叫你這麼一鬧，真是興趣全無了。結賬走人了。」

談紅結了賬，兩人出了房間就往外走。

正走著，身後有人叫了一聲：「傅華，你也在這裏吃飯啊？」

傅華回頭，就看到章鳳和趙婷正站在身後，原來她們也在這裏吃飯，正好看到了傅華。

傅華問趙婷：「你們怎麼也來這兒吃飯？」

趙婷說：「爸爸常來這裡消費，餐廳給了他幾張招待券，他就給我了，說這裏不錯，讓我來吃吃看。正好今天章鳳不忙，我就拖她過來。」

談紅看了看傅華，笑著說：「這位是？」

傅華趕忙介紹說：「這位是我太太，趙婷，這位是章鳳，海川大廈的總經理。趙婷，這位是談紅，頂峰證券的業務經理，潘濤潘總手下的得力助手。」

三個女人互相握了握手，彼此都在打量著對方。

談紅笑說：「傅主任，尊夫人真是很漂亮啊。你可真是財色兼收啊。」

趙婷不高興的瞅了傅華一眼，她對談紅這句輕佻的話有些反感，不過還算給傅華面子，並沒有發作，只是笑了笑說：「談經理也很出色啊，原來我以為潘總手下都是些漂亮的年輕男子，沒想到他手下的女人也這麼漂亮。」

趙婷這是在譏諷談紅跟了一個好男色的老總了，談紅並不在意，笑了笑，說：「看來傅夫人跟我們老總真的很熟啊，連我們老總愛好什麼都知道。」

趙婷笑說：「那裏，我跟潘總也就是跟傅華去打高爾夫時見到而已，也不是太熟。」

傅華感覺出趙婷和談紅之間似乎並不是很友善，便插話說：「小婷，你接下來要去哪裡啊？」

趙婷說：「也沒準備去哪裡，誒，你呢？」

傅華說：「我回辦事處啊。」

趙婷說：「那我跟你去辦事處吧，我可是好長時間都沒去你們辦事處了。」

傅華笑笑說：「辦事處你都熟到不能再熟了，有什麼好去的。」

趙婷撒嬌說：「反正也沒事嘛，乾脆陪你辦公。正好我也沒開車，就坐你的車好了。」

章鳳在一旁取笑說：「你這傢伙，有了老公，就不要我這個姐妹了？」

趙婷笑說：「那當然啦。」

傅華笑笑說：「行啊，那你就跟我去駐京辦吧。」

趙婷就過來親熱地攬住了傅華的胳膊，不知道是不是刻意的，她站到了傅華和談紅中間，把談紅和傅華分隔開了。

四人下了樓，傅華跟談紅握手告別，談紅和章鳳就各自上了自己的車，開走了。

傅華和趙婷也上了車，往駐京辦開。

傅華笑說：「章鳳和趙淼也交往好一段時間了，他們準備什麼時候結婚啊？」

趙婷說：「急什麼，趙淼年紀還小。」

傅華說：「可是章鳳歲數卻不小了。」

趙婷說：「這你就不用擔心了，趙淼可黏章鳳了，他們的關係很牢固的。誒，傅華，你倒挺會選吃飯的地方啊，竟然找到主席台這麼好的餐廳，我怎麼從來沒聽你跟我提過這家呢？」

傅華已經可以嗅出醋味了，便趕忙解釋說：「我也是第一次來這裏吃飯，這地方不是我選的，是談紅選的。我們今天談成了一個協議，潘濤非要招待我，所以就來了。」

趙婷狐疑地看著傅華說：「那潘濤呢？」

傅華說：「潘濤中午另外有約，就安排談紅出面招待我。」

趙婷曖昧的說：「老公，你倒是好享受啊，有美食又有美女，又在那麼私密的空間裏，哇塞，多幸福啊?!」

傅華聽出趙婷的口氣有些不對，趕忙陪笑著說：「老婆，你這麼說可就不應該了，我們只是在談業務。」

趙婷看了看傅華，說：「談業務？那談紅那句財色兼收是什麼意思？業務上的朋友會跟你開這種玩笑嗎？這個談紅長得挺媚的，是不是人家衝你媚眼一拋，你就什麼話都跟她說了？」

傅華有些不高興了，說：「小婷，那不就是一句玩笑話嗎，有必要這個樣子嗎？」

趙婷不滿地說：「哼，你老婆可以被人隨便開玩笑嗎，什麼財色兼收，我是你的獵物是不是？還扯上了我家！」

傅華感覺趙婷有點無理取鬧，心中有些煩躁，也懶得跟她爭吵，就把目光轉向前面，不去搭理趙婷了。

傅華這個樣子，讓趙婷更加生氣了，她衝著傅華叫道：「怎麼不說話了，心虛了？是不是被我說中了？」

傅華知道越是不搭理趙婷，趙婷越是會來勁，便沒好氣的說：「是，被你說中了，我貪圖你們家的財富，絞盡腦汁才把你騙到手了，你滿意了嗎？」

傅華這是在正話反說，趙婷當然記得當初是她死纏爛打才感動了傅華，讓傅華接受了她，她意識到這是自己在無理取鬧，卻不想認輸，便瞪了傅華一眼，說道：

「你這是什麼態度啊？我承認當時是我追你的，你這是幹什麼，嘲笑我非要纏著你是嗎？覺得我很賤是吧？」

傅華頭大了，趙婷轉過來轉過去似乎都是她一個人的道理，他想到了剛才跟談紅吃飯時，談紅用譏誚的語氣說他進入豪門不自由的話，當時他還沒覺得什麼，此刻卻讓他感受頗深。

結婚這些年來，趙婷已經慢慢從一個對他百依百順的嬌柔女人，變成了一個讓他動輒得咎的橫蠻老婆，他不知道這是不是因為趙婷認為她的家庭讓他享受到了豐富的物質條件，就自覺比他高了那麼一點點；還是婚姻生活改變了趙婷，讓她覺得他成了她的私產，處處容不得別的女人碰觸。

也許這兩方面的因素都有，但不論是什麼，傅華覺得自己已經有點不喜歡這個狀態下的趙婷了。

傅華不想把這樣子的趙婷帶到駐京辦去，那樣兩個人吵吵鬧鬧的樣子會成為別人的笑柄的，他沒有徵詢趙婷的意見，便調轉了車頭，他要把趙婷送回家去。

趙婷看傅華轉了方向，問道：「你幹什麼，這根本不是去駐京辦的路。」

傅華說：「我送你回家，我不想跟你在辦公室吵架。」

趙婷看了看傅華，說：「你什麼意思？你是說我無理取鬧是不是？」

傅華沒好氣的說：「你愛怎麼想就怎麼想吧，我已經不知道該跟你說什麼了。」

趙婷說：「這麼說，你跟我無話可說了？」

傅華說：「我不知道該說些什麼，反正我現在說什麼都不對，好像道理都在你這邊。」

趙婷說：「你這麼說就是我欺負你了？」

傅華苦笑了一下，說：「我怎麼敢說你欺負我呢？是我自己賤，不該說話不當惹您老人家生氣了。」

傅華實在是頭都要裂了，他沒想到僅僅是吃頓飯就會惹來趙婷這麼多的抱怨，他覺得煩透了，想趕緊讓趙婷停止這一切的指責。

趙婷卻沒有停下來的意思，叫道：「傅華，你說話這麼陰陽怪氣的，什麼您老人家，我很老嗎？」

傅華實在受不了了，他把車停到路邊，對趙婷說：「小婷啊，你先自己搭車回家吧，這個狀態下我沒辦法開車。」

趙婷看了看傅華，叫道：「你什麼意思啊……」

傅華沒等趙婷嚷完，大聲叫道：「我讓你自己回家，你聽不懂嗎？」

趙婷還想說什麼，卻被傅華冷得像冰一樣的眼神逼了回去，傅華從來還沒有這樣子看過她，她有些心虛，訕訕的打開了車門，下了車。

傅華並沒有馬上就開車離開，他長出了一口氣，把頭靠到了座椅上，他需要平靜一下情緒。

過了一會兒，車門被打開了，趙婷探頭進來，傅華看了她一眼，說：「有什麼話等回家再說吧，我現在不想跟你吵架。」

趙婷卻上了車，陪著笑臉說：「老公啊，剛才是我不好，我的話可能說得過分了一點，對不起啊。」

原來趙婷下了車後，也沒搭車馬上離開，她看到傅華久久沒有離開，感覺自己的話可能傷到了他，心中有些愧疚，於是再次上車給傅華道歉。

傅華呆了一下，看了看趙婷，他感覺趙婷的轉變有些太快，一時有些不能適應。

趙婷靠到了傅華身上，撒嬌說：「好了，別生氣了，你大人大量，就原諒小女子這一次吧。」

傅華心中還是很彆扭，卻也不好跟趙婷太過計較，嘆了口氣，說：「好人壞人都你一個人做了，叫我說什麼呢？」

話雖這樣說，傅華還是伸手去攬了一下趙婷的肩膀，示意親暱。

趙婷便知道傅華原諒她了，笑著說：「你不生我的氣就好，那我搭車回家了。」

傅華的情緒已經平復了許多，便說：「還是我送你回去吧。」

於是傅華發動車子，將趙婷送回了家。

一路上，兩人都沉默著，趙婷怕再說什麼話惹傅華生氣，而傅華心中也沒有因為趙婷道了歉就塊壘全消，他知道自己跟趙婷的問題並沒有得到解決，現在這樣子，只是暫時將危機掩蓋了下去，因此也沒心情說什麼。

到家了，趙婷在傅華臉龐上親了一下，說：「晚上早點回來啊，老公。」

傅華點了點頭，趙婷就下車回家了。

傅華回到駐京辦，在辦公室，他把自己跟趙婷之間的關係在腦海裏梳理了一遍，他不得不承認，趙婷在這段關係中逐漸站上了主導地位，這大概也與自己越來越讓著趙婷有關吧。

即使傅華覺得自己不會因為趙婷提供了優越的物質環境而對她有所忍讓，可是現實狀況卻並非如此，他還是逃不過拿人手短、吃人嘴軟這種俗套。而趙婷也不自覺的會因為這些，慢慢對他有了心理優勢，剛結婚時的趙婷可不敢這麼對待自己的。

應該和趙婷好好談談了，傅華相信如果任由這種狀態發展下去，自己總有一天會受不了的。

晚上傅華回到家，趙婷一聽到傅華回家的聲音，立刻出來迎接他，給他送上了拖鞋，又接過了他的手提包。

傅華知道趙婷做出這種姿態，是在向他為下午的事情道歉，他心中有些欣慰，不管這個女人曾經怎麼跟自己吵鬧，她畢竟是在意自己的。

傅華抱了一下趙婷，算是對她的舉動做出善意的回應，夫妻之間本來就是床頭打床尾和的，些微的小動作就可以化解兩人之間的嫌隙。

趙凱在客廳那兒取笑說：「喂，你們兩個不用這麼恩愛吧？」

這段時間因為劉康的關係，傅華和趙婷一直都住在娘家。

傅華和趙婷拉著手去了客廳，笑了笑說：「爸爸，今天怎麼這麼早回家啊？」

趙凱說：「想跟你們一起吃頓飯，就把應酬給推了，有些時候覺得，什麼事情都沒家人來得重要。」

趙婷附和說：「那當然，財富這些東西都是虛的，沒有家人的陪伴，人是不會快樂的。」

趙凱伸手點了一下趙婷的腦袋，笑說：「小婷啊，你好像變得懂事多了。」

趙婷說：「那當然啦，我都已經做人家的老婆了，再不懂事可就不行了。」

趙婷說這話的時候，眼睛瞟了傅華一眼，傅華明白趙婷這話實際上是說給自己聽的。

趙凱並沒察覺兩人之間的隱情，笑著對傅華說：「傅華啊，我這個女兒大概只有你能管得住了。你們倆什麼時候生個外孫給我啊，我跟你媽為這個私底下都合計好久了，可是似乎一點動靜都沒有啊。」

傅華笑說：「爸，這你可不要找我，這你要問小婷。」

趙婷看了看趙凱，說：「爸，你們急什麼呢，我還想再過一段時間的二人世界。」

趙凱笑說：「小婷啊，你這就有點自私了，我和你媽都盼著抱外孫呢。再說，有了孩子也不妨礙你們的二人世界啊，相反，孩子反而更能促進你們之間的感情。」

趙婷不耐煩地說：「好了，別說了，這個問題以後再討論吧，起碼我現在還沒這個打算。」

傅華心中未免有些失望，他心中是很期盼早些有個孩子的。

趙凱看趙婷不願意再討論這個問題，便轉了話題，問傅華道：「傅華，最近劉康那邊可有什麼動作嗎？」

傅華說：「劉康似乎想早日從海川新機場項目中脫身，前段時間還找了蘇南，想把工程轉讓給蘇南。」

趙凱聽了訝異地說：「哦，蘇南答應了嗎？他急著脫身想幹什麼？」

傅華說：「蘇南就這件事情徵詢過我的意見，我說劉康這麼急於脫身，怕新機場項目會有什麼問題，蘇南本身也有這個顧慮，因此就沒答應。不過，劉康並沒有因此打消退出的念頭，據說他還跟很多家做機場建設的公司接觸，探討出售的可能。至於他為什麼那麼急著脫身，有人說他想帶著資產移民國外。」

趙凱訝異地說：「他要移民？」

傅華說：「可能是吧，不過這也是傳聞，我並不能確定。」

趙凱看了看傅華，說：「說起移民，我正好有件事情想問你們倆，前些日子有人跟我談過移民的事，說得我有些心動，你和小婷兩個人有沒有考慮要到國外生活？比方說澳洲，那個人跟我說，現在很多人都移民澳洲，在那裡不用說英語也可以很好的生活，因為那裡的中國人非常多，做什麼的都有，你講中文，就能跟人很好的交流。」

傅華愣了一下，他從來沒考慮過要移民到國外去生活。

趙婷卻興奮的叫了起來：「好哇，到國外去生活多好啊，爸爸，你幫我們辦吧。」

趙婷喜歡新鮮刺激的生活，一聽趙凱說可以辦移民到澳洲，心裏就很嚮往。

趙凱卻沒看趙婷，而是看著傅華，問道：「你的意見呢？」

趙凱知道移民對他們來說，影響很小，就算移民了，照樣可以持澳洲護照回國生活，繼續進行他們的商業活動。可是對傅華來說，這一切就大大不同了，他是公務人員，要辦移民，首先面臨的就是得辭去自己的工作，他捨得他的駐京辦嗎？

傅華苦笑了一下，他倒不是捨棄不掉這個駐京辦的職務，而是他移民到澳洲能幹什麼？經商嗎？那就更需要依靠趙凱了，他現在已經有仰人鼻息的感覺了，到那時候就會更加依賴趙凱，自己該如何自處呢？

趙婷拉著傅華的胳膊撒嬌說：「老公啊，澳洲真的是很漂亮，我很想過去生活，我們就辦移民吧？」

傅華看著趙婷，說：「我也知道那邊很漂亮，可是，我過去能幹什麼啊？」

趙婷說：「能做的事情很多啊，做生意啊，或者你喜歡什麼其他的？」

傅華苦笑著搖了搖頭，說：「你想讓我從頭開始啊？可是我從學校畢業之後就進了政府工作，這一晃十多年了，這個時候再從頭開始，是不是晚了一點？」

趙婷說：「老公，你怎麼一點勇氣都沒有啊？從頭開始又怎麼樣？就算失敗了，不是還有我和爸爸嗎？」

趙婷的話說得很自然，她的生活本來就是依靠趙凱和通滙集團的，移民澳洲，她的生活只是換了一個更優美的環境。可是對傅華來說事情就不是這個樣子的了，海川駐京辦陣地雖然很小，可是卻是他自己的生活空間，這份工作讓自己不至於完全附屬於趙婷。因此，他是無法接受移民的。

趙凱看出傅華難以抉擇，他知道移不移民一定要傅華自己決定，否則將來如果事態的發展不盡如意，傅華可能會把這一切歸咎於趙婷身上，對他們的夫妻關係造成很大的傷害，便說：「小婷啊，你讓傅華自己決定要怎麼做。」

趙婷看傅華猶豫的樣子，知道他心中是不願意的，可是她卻很想移民，便拉著傅華的胳膊搖晃著說：「老公啊，你不為我想，也要為我們未來的孩子著想啊，你想，我們的孩子將來如果能生活在澳洲那樣的地方，該有多好啊！」

父母都是為子女著想的，傅華並不喜歡國內目前這種填鴨式的教育方式，他不想讓自己的兒女再受這種摧殘，聽趙婷提起孩子，他便有些動心了。

也許將來有了孩子倒是可以考慮，便笑著對趙婷說：「那等你懷孕了再說吧。」

傅華這麼說也是一種拖延戰術，他想等趙婷有了孩子之後再考慮這件事。

沒想到趙婷聽了就說：「老公，你的意思是不是只要我懷了寶寶，你就考慮移民了？」

傅華笑說：「你不是說現在還不想要孩子嗎？」

趙婷笑笑說：「我剛才好好想了一下，爸爸說的其實很有道理，有了孩子並不會破壞我們的二人世界，反而會促進我們的感情聯繫，所以我答應你和爸爸，儘快替你生個孩子，這下子，你是不是願意移民到澳洲去了？」

傅華一下子被逼到了牆角，他已經在趙婷面前吐露出願意為了孩子移民的意思，現在趙婷願意為他生孩子了，他不答應，似乎是不為孩子和趙婷考慮，只顧自己；可是答應吧，又意味著他得徹底放棄自己的空間，成為趙婷和孩子的附屬品。

要一個大男人放棄一切，變成一個完全依靠女人生活、吃飯的傢伙，這對傅華來說，是很難接受的。

傅華左右為難，一時不知道該如何表達自己現在的想法了。

趙凱很明白傅華現在的心情，便笑了笑，說：

「小婷啊，要不我看這樣，反正辦移民也是需要一段時間的，你先準備懷孕的事，我先幫你辦手續，傅華可以慢一點，等你在國外適應了環境，我想他自然會去的。」

趙婷想了想，她相信有了孩子後，傅華一定會為了孩子而去澳洲的，她也感覺自己現在跟傅華之間的相處有些淡了，有了孩子，也可以加深夫妻之間的感情，便點點頭，說：「我看就這樣吧。」

趙凱又看了看傅華，問道：「你覺得呢？」

趙凱這個提議給了傅華緩衝的餘地，而且就算趙婷和孩子移民到國外，他們也可以在兩國之間不斷往來，這種安排可進可退，傅華到時候可以根據情況選擇，便點點頭，說：「行，就聽爸爸你安排了。」

趙凱說：「既然你們都同意，我就約那個人好好談一下了。」

這一晚，傅華本來想要跟趙婷好好談一談兩人之間的問題，可是讓移民的事情一攪，談這些話就變得有些不合適了，因此兩人回到房間後，傅華沒再說起下午吵架的事；相反，由於在移民的事上彼此都做了讓步，這一晚兩人變得情意綿綿起來。

第八章

命運之手

傅華說：

「劉董既然相信冥冥中有一隻看不見的手在擺佈著人們的命運，那就更應該相信，天網恢恢，疏而不漏，你既然壞事做盡，總會受到報應的。所以你先別得意，誰會笑到最後還不一定呢。」

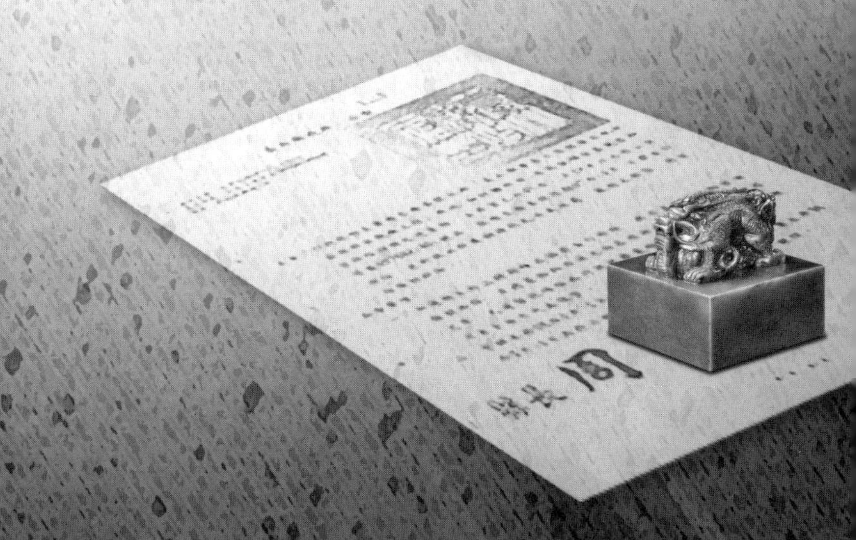

隔幾天，兩人一起到醫院做了檢查，以查看彼此的身體條件是否適合懷孕，為懷孕先做好萬全準備。

在醫院等待檢查身體的時候，傅華接到了一個陌生的電話號碼。接通後，一個略顯蒼老的聲音問道：「你好，請問你是傅華嗎？」

傅華納悶地說：「是，請問是哪位？」

「我劉康啊。」

「劉康？」傅華愣住了，劉康怎麼會打電話給自己？他打電話給自己幹什麼？

劉康見傅華好長時間沒回答，笑說：「傅主任不會沒聽過我的名字吧？還是聽到我的名字被嚇住了？」

傅華鎮定了一下，說：「怎麼會沒聽過劉董的名字呢？劉董我可是聞名已久，可惜緣慳一面。至於劉董說我被你的名字嚇住了，我想劉董還沒惡名昭彰到這種程度吧？」

劉康哈哈大笑了起來，說：「惡名昭彰，這詞用得好。是，劉某人還真是沒達到惡名昭彰的程度，不過，以我對傅主任的認識，估計傅主任也不會被什麼人的名聲嚇住的。」

傅華說：「想不到劉董對我還很瞭解。」

劉康笑笑說：「我們雖然沒見面，可做對手卻好久了，身邊的朋友可以不瞭解，對手可是不能不瞭解的。」

傅華說：「是，這倒是真的，如果不瞭解對手，恐怕就會面臨很可怕的失敗的命運。劉董於此道倒是一個高手。」

劉康笑了笑：「傅主任太抬舉我了。」

傅華說：「劉董今天找我幹什麼？我記得我們並沒有打過什麼直接的交道。」

劉康笑了起來，說：「對啊，我們雖然是對手，可是還真沒打過什麼直接的交道，這一直也是我很遺憾的地方。因此我特別跟蘇南蘇董要了你的電話，想約你見見面，不知道傅主任敢不敢來啊？」

傅華笑說：「劉董想約我見面？」

劉康說：「對啊，不知道傅主任肯不肯賞光啊？」

傅華還真是想見見這個跟自己鬥了很久的傢伙，想來他約自己見面，也不會對自己不利，便笑了笑，說：「行，劉董你定時間和地點吧。」

劉康說：「傅主任，果然夠膽色，居然敢單刀赴會。我原本還怕你不來，想請你決定時間和地點呢。」

傅華笑笑說：「就算我決定時間和地點，劉董如果真是想對我不利，我也很難就一定保證安全，還不如大方一點。」

劉康說：「傅主任果然很精明，不過你放心，我只是想跟你見個面，不會有什麼不利於你的念頭的。」

「我相信劉董。」傅華笑笑說。

劉康就約了第二天晚上八點，在一家茶館見面。

傅華說：「那就不見不散了？」

劉康笑著說：「不見不散。」

劉康就掛了電話。傅華腦海裏卻在想，為什麼劉康會約自己見面，他約自己見面要幹什麼？

想來想去也沒有要領，因此檢查完，將趙婷送回家之後，傅華便打了個電話給蘇南，自己的電話是蘇南給劉康的，蘇南應該知道劉康目前的狀況，也知道劉康找自己的目的吧。

蘇南接了電話，便說：「傅華，劉康找你了？」

傅華說：「是啊，他約我見面。」

蘇南說：「那你答應了？」

傅華說：「答應了，只是我想不通他為什麼要見我？」

蘇南說：「他跟我說，他要到國外去住一段時間，臨行前想見見你，只是想談談，沒別的意思。」

傅華驚訝的說：「他移民手續辦好了？那他新機場項目脫手了嗎？」

如果新機場項目脫手了，劉康在國內就沒什麼牽掛了，可能就會常住國外不回來了，那樣的話，傅華即使找到了劉康的犯罪證據，也拿劉康沒有絲毫辦法。

蘇南說：「那倒沒有，好像進展的並不順利，人家的興趣並不大。」

傅華鬆了口氣，便說：「那就好，沒出手他就可能還要回來。」

第二天晚上，傅華應約來到了西城茶館，劉康早就等在那裏。

傅華終於見到了這個他恨得要命卻無法拿對方如何的對手。他看到的是一個神態很平和的老人，略顯蒼老，除了眼神銳利之外，就是一個很平常的老人。如果不是傅華知道他做過那麼多壞事，他一定不會相信眼前的這個人曾經在京城橫行過那麼多年。

傅華上下打量劉康的同時，劉康也在上下打量傅華，他跟傅華握了握手，說：「聞名不如見面，傅主任英華內斂，果然不凡。看到你，我就有一種自己已經不屬於這個時代的感覺，長江後浪推前浪，一代新人換舊人啊。」

傅華笑說：「劉董也不差啊，有那麼多豐功偉績還這麼低調，薑還是老的辣啊。劉董這次遠赴國外，是不是覺得全身而退了，因此可以在我面前炫耀一番？」

劉康笑著說：「不錯啊，傅主任，來見我之前做過功課了。我們這一點很像啊，從不打無準備之仗。不過，傅主任，你也別喪氣，我國內的業務還沒結束，你還有機會的。來來，我們坐下聊。」

傅華和劉康坐了下來，劉康問：「傅主任要喝什麼茶？」

傅華說：「就喝龍井吧。」

劉康說：「那我就陪著傅主任喝龍井。」

小姐倒茶的時候，傅華環顧了一下房間內部，房間裝飾得很古樸，是一種中國古代的風格，倒很適合飲茶。

小姐倒完茶，劉康吩咐說：「你出去吧，有什麼需要我們會叫你的。」

小姐就退了出去。

劉康看了看傅華，說：「其實嚴格說起來，我對傅主任是有恩的，這一點你承認吧？」

劉康是在說吳雯救自己的那一次，那次雖然是吳雯出面，伸出援手的卻是劉康，所以間接上劉康確實對自己有恩。

傅華點點頭說：「這一點我承認，不過那是出自於吳雯的意願，並非劉董本意，因此這份情我記在吳雯身上，劉董應該同意吧？」

說到吳雯，劉康臉色沉了下來，過了一會兒，才嘆了口氣說：「我劉某人縱橫江湖這麼多年，從來沒對做過的事情後悔過，可是臨老了卻發生這麼一件令我痛心疾首、悔之不及的事情，哎。」

傅華看了看劉康，他不知道劉康是真情流露，還是表演給自己看，直覺上劉康不像是演出來的，可是他又覺得這傢伙壞事做盡，不會真心後悔。

傅華說：「劉董你這是什麼意思？要在我面前上演放下屠刀立地成佛的戲碼嗎？是不是晚了一點。」

劉康苦笑了一下，說：「我知道這時候我說什麼你都不會相信的，我也不想求得你的原諒，我只是想找個人談一談，把心頭的苦悶跟人說一下。奇怪的是，想來想去，卻想到了你身上，我覺得這世界上除了吳雯之外，也許只有你能認真的聽一聽我的訴說。」

傅華笑說：「大概你是覺得我就算把你跟我的談話都告訴別人，別人也不會相信的，因此可以毫無顧忌的訴說，反正我們的矛盾是公開的，我如果說出對你不利的話，別人也會認為是因為我們的爭鬥你才這麼說的，因此肯定不會相信，對吧？」

劉康呵呵大笑了起來，說：「你果然聰明，傅華啊，有些時候我都覺得，如果我們不是對手，肯定會是一對相交默契的好朋友。遺憾啊，我們這輩子已經注定是對手了，這是怎麼也改變不了的事實了。」

傅華笑笑說：「也是，我們是道不同不相為謀，注定要成為對手的。」

劉康搖了搖頭，說：「你錯了，我們雖然是對手，可是並不是因為道不同不相為謀，我們雖然道不同，可是除了吳雯，我們並無交集點，是吳雯出事才讓我們真正成為對手的。」

傅華說：「不是這樣吧？蘇南也算我們的一個交集點吧？」

劉康笑說：「你這麼說就有些不客觀了，對，蘇南也算一個交集點，可是蘇南競標失敗的時候，你恨過我嗎？沒有吧？雖然競標過程我贏得並不光榮，可是蘇南在私底下也沒少做動作，我和他不過是五十步和一百步的區別，你不會就因為蘇南跟你友好，就覺得我劉康贏得卑鄙，我劉康就十惡不赦吧？」

傅華點了點頭，確實，劉康和蘇南雖然爭取新機場項目的手法不盡相同，其實是大同小異，便笑了笑說：「這倒是，你們在商業上競爭無所不用其極，這個我可以理解。」

劉康說：「那我們的交惡就只有吳雯意外這一件事了。人生有些時候真是滑稽，我們同時都為吳雯出了意外感到悲傷，卻因此而成了對手。」

傅華斥道：「別假惺惺了，劉董，那件事情怎麼會是意外呢？你又怎麼會感到悲傷呢？你根本就是加害人，你就是凶手。」

劉康冷冷的看了傅華一眼，說：「不管你相信不相信，我對吳雯被殺的悲傷程度不會比你低，跟你說句實話，原本我的退休生活中是應該有吳雯的，可是她出了這個意外，打亂了我的一切佈局。」

傅華愣了一下，說：「原來你喜歡吳雯？」

劉康叫道：「你知道我為吳雯做過多少事情嗎？你又為她做過什麼？你只會利用吳雯對你的好感，讓她幫你辦事。如果不是吳雯，我當初認識你是誰啊？你把吳雯的死都歸咎在我身上，你算是老幾，你有什麼資格這樣做？你知道當時究竟發生了什麼？」

傅華說：「別的我不知道，我只知道是你讓那個小田去殺了吳雯，還在這裏貓哭耗子假慈悲。」

「胡說，」劉康一拍桌子站了起來，指著傅華的鼻子說：「你根本就不瞭解當時的情況，我當時只是想讓小田去把那份偷錄的視頻拿回來，那裏面有我和徐正做過的很多事情的記錄，不拿回來，我和徐正都完了。小田這傢伙本來身手很好的，這件事情我覺得有他出馬，一切都會順利解決，哪知道這個王八蛋竟然不小心殺了吳雯，你知道我聽到這個消息的時候，是一種什麼樣的心情嗎？當時我整個人都傻住了，有一種想直接弄死小田的衝動。」

傅華說：「那你也不能怪別人，當初要不是你為了工程把吳雯送給徐正，這一切可能都不會發生。」

劉康這次沒跟傅華爭辯，低下了頭，說：「我這輩子最後悔的就是這件事了，我真是不應該為了爭新機場工程，把吳雯送給徐正。雖然當時吳雯是同意的，可是事態就是從那一刻完全脫出了我的控制，有些時候我半夜夢醒，想到吳雯，就會覺得這是我人生中最大的一件錯事，這也許是老天對我的懲罰吧，我這輩子做過的壞事太多，上天在我老的時候，奪去了我最想要的東西。」

傅華氣憤地說：「你是不是人啊？竟然把自己最愛的女人送給別人去玩弄，我真的不知道你的心是什麼做的。」

劉康苦笑了一下，說：「是，我不是人，我自己都沒碰過吳雯一根指頭，偏偏卻在利益的要脅下，把吳雯送給了徐正。」

傅華愣了一下，他沒想到劉康跟吳雯之間竟然是清白的，如果真是這樣，那劉康除了徐正這一段之外，他對吳雯也算是仁至義盡了。

傅華有些不信的問道：「你沒碰過吳雯？」

劉康心痛地說：「我真的沒碰過她，按照我的設想，等我退休，如果吳雯還沒有好歸宿，我就要了她，跟她在國外做一對快活夫妻；如果她已經有好的歸宿了，那我就當她是真正的女兒算了。我真是這麼想的，卻沒想到被徐正捉弄的一步步將吳雯送進了深淵。唉，傅華，你覺不覺得冥冥之中似乎有一隻看不見的手，在撥弄著我們的人生軌跡。哎，你還沒到我這個年紀，可能還沒有這種感觸吧？」

傅華看了看劉康，他不知道是該恨這個人還是該可憐這個人。

茶已經有些涼了，喝到嘴裏就只有苦味，而沒有什麼香味了，劉康把服務小姐叫了進來，讓她給兩人換了一杯。

等服務小姐再次退出去之後，劉康笑了笑，說：「人老了話就多，能夠在出國之前找個人說說話，我心情輕快很多了。」

傅華看看劉康，他有些不相信劉康找自己來就是為了傾訴的，難道他是來求和的嗎？

傅華笑了笑說：「劉董，你跟我說這麼多，我也是不會原諒你的，如果有機會，我還是會揭露你的罪行，讓你得到應有的懲罰的。」

劉康說：「我也不是來求你原諒的，我跟你這麼說，是想告訴你，很多事情其實都不是我願意的，可是事情一步步逼過來，我也不得不那樣去做。就像吳雯，我雖然很喜歡她，可是還沒喜歡她到超過自己的程度，她威脅到我的安全，我自然要採取措施。再是小田和你兩個人，你們湊到一起交易那份視頻光碟，也是想置我於死地，我不出手，今天死的可能就是我，而不是小田。我們本來就是你死我活的對手，如果我想指望你對我大發慈悲，放過我一馬，那我如果不是太天真，就是傻瓜了。你如果想繼續對付我，來吧，我並不害怕。」

傅華笑了笑，說：「你不害怕，是因為你覺得你已經把能證明你犯罪的證據都湮滅了，可是你真的都湮滅了嗎？」

劉康笑說：「沒有嗎？你現在手中如果有什麼證據，還不早就向警方舉報我了？呵呵，傅主任啊，明人面前不說暗話，你跟那個刀疤臉交易，不但沒得到什麼，還被刀疤臉擺了一道，你以為這些人都不知道啊？不過，這反過來也證明一點，那就是在別人的手裏也沒有那張光碟了。因為如果刀疤臉手中有什麼證據，他也不需要跟你玩那一套把戲了。」

傅華詫異地說：「劉董對我的行蹤掌握得一清二楚啊？」

劉康笑笑說：「有你這麼強勁的對手，我可不敢稍有疏忽。」

傅華說：「這麼說，刀疤臉現在在你的手中了？」

劉康正在疑懼刀疤臉的下落，他很懷疑刀疤臉的下落跟傅華身邊的人有關，尤其是傅華的岳父趙凱，趙凱在北京商界打拼了這麼多年，在北京已經紮下了很深的根基，如果有什麼人能在自己不察覺的情況下將一個人隱藏起來，這個人很可能就是趙凱。

今天劉康和傅華相約見面，其實也有試探的意思，如果隱藏刀疤臉的人真是趙凱，劉康覺得趙凱不可能在傅華面前一點消息都不透。

可是眼前傅華卻是一副毫不知情的樣子，好像連刀疤臉失蹤了都不知道，劉康摸不準傅華是在裝樣子，還是真的不知情。不過，他不想告訴傅華他正在四處尋找刀疤臉，那樣

就是把自己的弱點暴露給了傅華，

劉康故作神秘地說：「你說呢？傅主任。」

劉康沒有否認也沒有承認，但是態度上卻表現出刀疤臉在他手中的意思，傅華的心沉了下去，只要劉康再控制刀疤臉一段時間，劉康辦好移民的手續後，自己將徹底失去為吳雯報仇的可能。

傅華苦笑著搖了搖頭，說：「劉董，你真是算計到家了，滴水不漏啊。」

劉康看得出來傅華是真心感到失望，他可以確定傅華和他身邊的人並不掌握刀疤臉的行蹤了。

做出這個判斷之後，劉康心裏並沒有感到絲毫的高興，反而更加恐懼了，如果不是傅華身邊的人，那會是誰啊？難道除了傅華這個公開的對手之外，還有一幫人在暗地裏籌畫對付自己？這幫人身在暗處，自己身在明處，更是可怕。

劉康知道自己這些年來樹敵很多，一時半會兒他還真想不出究竟會是哪幫人在這麼做。

傅華看劉康有些恍神，便說：「劉董，你在想什麼呢？」

劉康掩飾的摸了下腦袋，說：「這人上了年紀，就容易失眠，昨晚想到今天要來見你，一夜沒睡好，剛才有點走神了。」

傅華笑說：「劉董不會是心虛了吧？」

劉康笑笑說：「真的是走神了，再說，我心虛什麼？你要怎麼對付我，盡可以把手段使出來。」

傅華說：「劉董既然相信冥冥中有一隻看不見的手在擺佈著人們的命運，那就更應該相信，天網恢恢，疏而不漏，你既然壞事做盡，總會受到報應的。所以你先別得意，誰會笑到最後還不一定呢。」

劉康的笑容僵在臉上，他確實是不知道等待自己的將是一種什麼樣的命運，尤其是還有一股勢力在暗中準備對付他。

劉康狠狠的瞪了傅華一眼，冷笑了一聲，說：「不管誰笑到最後，起碼目前你還是拿我沒轍的。」

傅華笑了起來，說：「我可以等啊，我想我總能等到那一天的。」

劉康說：「你等吧，不過，我提醒你，你的時間真是不多了，我明天就會飛往國外，今後除非重大事件發生，我不會輕易回國的，傅主任你能等到的機會應該不會太多了。」

傅華心中確實也在擔心這一點，不過他不想在劉康面前示弱，便笑了笑說：「那我們就等著瞧吧。」

利得集團和海川市政府正式簽約，由利得集團出資從海川市政府手中購買海川重機百分之六十七的股份，從而全面掌控海川重機，利得集團承諾會將集團的高科技部分置換於海川重機之中，讓海川重機脫胎換骨，成為一家高科技上市公司。

消息一經發佈，海川重機立即封上了漲停，連漲一周，原本兩塊的股價頓時翻了番。忙碌中就過了春節，春節過後，到了海川市開兩會的時間，這次兩會讓海川市市委和政府都高度重視，因為金達將在這一次人大會上通過人民代表的檢驗，被選為海川市新一屆的市長。

張琳對此更是生怕出什麼差錯，保證上級意圖順利實現是市委的一項重要責任，他這個市委書記對保證金達當選市長更是責無旁貸。

金達成為代市長之後，跟張琳配合得很好，他們兩個人雖然性格方面略有不同，可都算是很正直的人，加上張琳性格比較圓通，很多方面都會包容金達，因此兩人工作起來還算默契。

不過，雖然一二把手之間關係融洽，卻並不代表這次選舉就會順順利利。張琳知道，這段時間海川市發生很多事情，徐正的猝死是誰都沒想到的，因此金達出任這個代市長便顯得有些倉促，很多方面，事情還沒有安排的很好。

特別是徐正匆忙離世，原本他那一派的人馬馬上就成了失意的人，心頭肯定是不順，難免就會在選舉上給金達找麻煩，巴不得能出一個大亂子才好。

另外一方面，金達本身書生氣很足，說話文質彬彬，性格又直，很多時候做事只考慮應不應該做，人情世故方面處理的就不是很好，尤其是他很難跟那些基層的幹部嘻嘻哈哈打成一片，也不會為了拉攏票數向基層的幹部示好，加上他來海川時間很短，人脈基礎還不牢固，張琳很怕場面一旦控制不好，金達沒有獲得通過。

這也是張琳成為市委書記之後，第一次大的政治活動，從他的角度，他也不想讓這件事情出什麼紕漏，否則省委領導會質疑他的領導能力的。

張琳把金達找了過來，想多跟金達溝通一點，好力保此次選舉順利過關。

見了面之後，張琳看了看金達，笑著說：「金達同志，人代會馬上就要召開了，我想聽聽你對這次人代會的看法。」

金達臉上微微露出了一絲緊張，說：「我能有什麼看法，做好本職工作，接受人民的選擇嘛。」

張琳笑說：「你心裏是不是有些緊張？」

金達笑了笑，沒說什麼，雖然他和張琳配合已經有些日子了，可是他和張琳之間並沒有建立起很親密的私人友誼，他們更多的是工作上的接觸，因此在張琳面前說心裏話就有些不太好意思。

張琳笑了笑說：「我不知道你現在心裏是怎樣想的，反正我是挺緊張的，我很怕這次的市長選舉會出什麼閃失，這可是我主持下的第一次重大政治活動，以前從來沒有這種經驗，因此心中很是無底。」

張琳先說了自己的心情，一下子拉近了和金達的距離。

金達聽了，便說：「張書記，我跟你的心情大概是一樣的，甚至可能比你還緊張，你還只是一個主持者，我卻是直接要被人們評判的當事人。你也知道，我以前只知道做學問，那時候只要做好自己的本分，我就能大概對事態的發展走向有一個判斷。現在，我的命運卻完全掌握在他人手中，交由別人來評判，我真的不知道接下來等著我的會是什麼。」

張琳笑了笑說：「我們還是要相信人民的眼睛，相信他們會認同上面的意思的。不過這些日子，你也要多與人為善一些，可能很多代表會趁此機會找你謀取什麼好處。」

金達搖了搖頭，說：「現在再去與人為善，似乎也晚了一點，再說，違背原則的事情我是不會去做的，我這個人就是這樣一種性格，要是故意去改變，我會感到很彆扭的。」

張琳看了看金達，他擔心的就是這一點，守原則是一個幹部很優秀的品格，可是在選舉的時刻，這個原則似乎應該變通一下。因此，張琳雖然欣賞金達的堅持原則，可是心中卻是不無擔心。

好比不久前金達處理海盛置業退地事件，沒收了海盛置業的競拍保證金，硬生生把海盛置業的鄭勝給得罪了。張琳可是知道鄭勝的底細的，鄭勝在海川經營多年，各方面的人脈眾多，真要是跟金達搗起亂來，可是一個敗事有餘的傢伙。

不過，張琳也不好說讓金達不去堅持原則，便笑了笑說：「堅持原則是對的，這是應該保持下去的。金達同志，我會支持你的，就讓我們共同努力，打好選舉這一仗。」

張琳這麼說並不是他不擔心了，而是想鼓起金達的勇氣，不管怎樣，要勇敢地去面對，起碼不能被對手嚇住了。

金達聽了果然很高興，說：「有張書記的支持，我就有信心了。」

人大會正式開始的前一天，省委副書記陶文到了海川。

海川是東海的經濟重鎮，省裏怕選舉會出什麼紕漏，郭奎也擔心自己的愛將書呆子氣鎮不住場面，便派了老成持重的陶文來坐鎮。

陶文到了海川之後，住在海川大酒店。剛安頓下來，就和張琳單獨談了一次話，瞭解海川市這一次選舉的情況。

張琳跟陶文作了彙報，陶文聽完，說：「時間很緊迫，我也不想多囉嗦什麼，省裏派我下來是想保證海川市選舉能順利進行，你就跟我說一下，這一次選舉有沒有令人擔心的地方？」

張琳就把自己的擔心說了出來，陶文聽完點了點頭，說：「金達這個秀才做事是這種風格的，這是一個好同志，我們應該多為他分擔一些，多保護他一點。你覺得最可能出來攪亂這次選舉的是什麼？」

張琳說：「我覺得金達同志處理海盛置業這件事情上雖然是正確的，可是急躁了一點，沒有講求方法，很可能會因此而惹上麻煩。」

陶文說：「這個海盛置業的鄭勝能在海川這麼有能力，背後肯定跟市裡哪個領導有聯繫，你就告訴我，他跟誰關係不錯吧？」

張琳心中暗自佩服陶文處理事情老練，根本不去旁涉枝節，一來就直奔核心。確實是，一個普通的地產公司能在一個城市呼風喚雨，背後沒有城市主政者的支持是不可能做到的。

張琳回說：「據我所知，市委副書記秦屯跟鄭勝的關係很好。」

陶文一聽：「哦，是小秦啊，行了，這件事情我會跟他談一下的，你和金達要多跑代表團，多跟代表們交流，聽取他們的意見，力爭把關係給我處理好。金達這個秀才還很稚嫩，你要多帶帶他。」

張琳鬆了口氣，陶文把他最擔心的問題攬了下來，等於是去掉了他最大的一塊心事，他早就跟一些走得近的代表打過招呼了，要他們全力動員起來，保證這次的選舉順利進行。現在再加上秦屯方面的勢力基本上已經可以控制住，就算某些人想要在會議上鬧事，怕也是掀不起什麼大風浪了。

整個春節期間，鄭勝都是待在海盛莊園中，除了給幾個重要的關係打電話拜了年之外，他基本上是與社會斷了聯繫。

鄭勝不是不想出去跟朋友們好好聚一聚，而是覺得沒臉去跟這些人聚會。他的高級轎車為了湊錢給劉康，已經押給典當行，出門沒了腿，這是多麼丟人的事啊。

要說這人就是怪，當年還很窮的時候，騎著自行車就可以滿街跑了，現在天天豪華轎車坐著，再去坐那些檔次差的車，鄭勝覺得比殺了他都難受。

海盛山莊這個春節也不好過，現在海川人人都知道這裏被公安盯上了，平日來這裏尋歡作樂的人紛紛避而遠之，就連那些以往圍著鄭勝轉的朋友也是人影不見一個，這些人忘記當初是怎麼跟著鄭勝吃香喝辣的了。

世態炎涼，鄭勝心情十分低落，成天在海盛莊園中咒罵，罵那些躲得他遠遠的那些酒肉朋友們，罵在他最困難的時候還要逼他還錢的劉康，罵在關鍵時候一點忙都幫不上的秦屯，反正只要是他覺得對不起自己的他都罵，這其中當然也少不了給他造成這局面最根本的罪魁禍首，金達。

鄭勝雖然躲在家中，可是對外面發生的事還是很清楚的，他知道海川人大會馬上就要召開，金達即將面臨大選，他心中自然是巴不得金達選不上，那樣子金達在海川就容身不住，就會滾出海川。

鄭勝大致分析了一下海川人大會的形勢，現在鼎力相助金達的，估計只有市委書記張琳一派的人馬，可是因為張琳本身的性格問題，並不能在海川形成一個統一的局面，他沒有那種霸氣，因此左右局面的能力是很不足的，這就可能讓別人有機可趁了。

至於金達本身，鄭勝認為他書生氣太足，是那種不肯為了利益輕易放低身段的那種人，這樣，他就不可能為了市長選舉去跟代表們勾兌，金達嚴謹的性格在這時候就不再是優點，而是一種缺點了。

水至清則無魚，那些代表們各自有著自己的算盤，絕對不會因為金達正直守原則就肯為他捧場，因此金達更沒有掌控整個人大會的能力。

綜合分析下來，鄭勝覺得金達的市長任命很有無法在人大會上通過的可能。他覺得只要操作得法，非常有機會讓金達的選票不過半。退一步說，就算金達的選票勉強過半，也是弄了個灰頭土臉。

反正不管怎樣，鄭勝就是不想讓金達自在，金達如果在海川太如意，他鄭勝在海川就沒有生存空間了。

要想達到這個目的，鄭勝知道是離不開秦屯的配合的，便在晚上找去了秦屯的家裏。

秦屯對鄭勝的到來並不高興，鄭勝現在不同以往，以往這傢伙都是提著錢來的，現在他正走背運，是一個倒楣到不能再倒楣的衰蛋，自顧尚且不暇，又怎麼會再帶著錢來看自己呢？

不過，秦屯也不敢把心裡的不悅表露出來，他跟鄭勝來往多年，兩人關係千絲萬縷，早就糾葛在一起，是一榮俱榮、一損俱損了，便笑了笑說：「鄭總啊，你總算露面了，怎麼過年這段時間在家閉門思過嗎？」

鄭勝罵罵咧咧的說：「思個鬼過啊，老子讓劉康這老王八蛋弄得這段時間一點餘錢都沒有了，車都押給典當行了，怎麼出來見人啊？到你這裏來還是搭車過來的呢。」

秦屯勸說：「鄭總啊，別罵了，這可是在我家裏啊。」

鄭勝笑了笑，說：「罵習慣了，忘記是在你家裏了。」

「我聽說劉康出國了？」秦屯問。

「是啊，老傢伙辦了移民，拿著我的錢去國外風流去了。」鄭勝忿忿地說。

秦屯看了看鄭勝，說：「鄭總，你有沒有覺得劉康這個時候這麼急著出去，是有問題啊？」

鄭勝困惑的說：「有問題？有什麼問題啊？老傢伙說這是他早就有的打算，完成這個新機場項目之後，就到國外去安享晚年。」

「可是項目還沒完成啊，會不會劉康在這個項目中搞了什麼鬼啊？要不然他這麼急著要出去幹什麼？」秦屯猜測說。

鄭勝猜測說：「可能是感覺環境變了吧，自從徐正猝死，金達接任海川代市長後，他就有想退出這個項目的意圖。」

「那也不用這麼急啊？」秦屯又說。

鄭勝說：「怎麼不用急？金達這個王八蛋是個什麼為人，你又不是不清楚，我猜劉康就是害怕金達，金達這麼搞下去，就是沒問題也會被他搞出問題來的。」

秦屯聽了，笑說：「看來你對金達同志很有意見啊。」

鄭勝氣說：「他害我損失幾千萬，我恨不得弄死他，我今天來找你，也是為了金達的事情。」

秦屯看了看鄭勝，說：「你要搞金達？你想做什麼？」

鄭勝說：「我想讓這一次人大會金達的任命不能通過，你有沒有辦法？」

秦屯驚詫的說：「你想擾亂選舉？這個事情可是很嚴重的。」

鄭勝不高興的說：「好啦，你別大驚小怪的了，金達如果當選了，我日子肯定更不好過，事情更嚴重。我想，如果我的日子不好過，你秦書記也不會好過到哪裡去的。」

秦屯勸說：「可是那也不能冒這種風險，你要知道，干擾選舉可是嚴重違反紀律的事情，被發現了可不得了。而且省裏對金達選市長很重視，專門派了陶文副書記來坐鎮，一旦出了什麼紕漏，省裏一定會嚴查的。」

鄭勝罵說：「你膽子怎麼這麼小啊？你害怕，我們把事情做的謹慎一點，不被人發現不就得了？」

秦屯說：「事情哪有那麼容易，再說，這世界上沒有不透風的牆，遲早是會被發現的。」

鄭勝不以為然地說：「怎麼不容易，我跟幾個人大代表關係不錯，你在海川工作了這麼多年，肯定有一批熟悉的人脈，你我結合起來，大家一起要金達的好看。到時候就算他通過了，票數也不會很多，面子上肯定不好看。至於會不會被發現，秦副書記，你真是有意思，每次選舉，私下裏誰不做點小動作，又有幾個人被發現過？這種事情就是這樣，抓住了認倒楣，抓不到的就賺大發了。」

秦屯還是搖搖頭，說：「你說的這種辦法，太明顯了，誰都知道這是衝著金達去的，而且金達這一次過不了，市裡說不定還會做拉攏代表的工作，重新通過金達做這個市

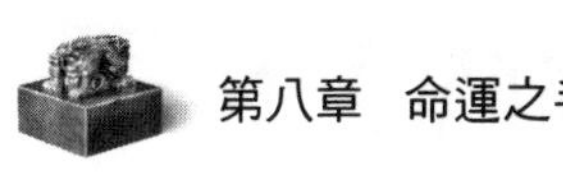

長。」

鄭勝說：「那樣子金達就算做了這個市長，也不很光彩。」

秦屯笑了笑，說：「那只是一個面子上的小問題，鄭總啊，你以為誰都跟你一樣，那麼在乎面子嗎？」

鄭勝臉上紅了一下，這段時間他躲在家中，確實是因為面子上過不去，便說：「人活一張臉，要面子也是常情啊。」

秦屯說：「話雖這麼說，可是你費了半天勁，一點實際上的效果都沒有，不是做了白工了嗎？你這個辦法行不通。」

鄭勝說：「既然我這個辦法行不通，那你跟我說個能行得通的辦法來。」

秦屯想了想，說：「要不推出一個人來，跟金達競爭這個市長。你要知道，代表是有推舉候選人的權利的。」

鄭勝看了看秦屯，很多人都知道秦屯想爭海川市市長寶座，難道他想趁機實現這個想法？這傢伙倒真是會為自己找好處啊。

不過這樣也不錯，秦屯當市長總比金達當要強。

鄭勝笑了笑，說：「秦副書記如果有意爭取這個市長寶座的話，倒也挺好的。」

秦屯說：「你傻子啊，我出面，這不是給上面當靶子打嗎？別說我選不上，就是選上了，上面也不會讓我當得舒服的。你想害死我啊！」

鄭勝說：「那你說推舉誰比較好？」

秦屯想了想說：「我覺得李濤這個人很合適，李濤為人忠厚，在海川政界名聲不錯，又是曲煒和徐正兩任市長的常務副市長，在海川的根基可能比張琳還深厚，如果推舉他出來，包括曲煒和徐正原來的人馬肯定會在感情上傾向於他，再加上你我掌握的一些關係，拱翻金達是很有可能的。」

鄭勝笑了，說：「還是你這傢伙夠陰險，好一招借刀殺人之計啊。」

秦屯得意地說：「你以為我這麼多年官場是瞎混的？」

「只是，這裏面還有一個問題，李濤如果不接受這種推薦怎麼辦？當初曲煒調走的時候，也沒看李濤很積極的去爭取過市長寶座，也許他為了明哲保身會拒絕這個推薦的。」鄭勝提出疑慮說。

秦屯說：「這個可是很難說啊，曲煒被調走那時，李濤知道自己是沒有機會的，誰會熱心去爭取一個沒機會的東西？可現在就不同了，我們是把機會擺在了李濤面前，他是充分可以跟金達競爭的，而且綜合評估下來，各方面還略佔優勢，你說這時候誰會放棄？換成你，你會放棄嗎？」

鄭勝聽了，說：「換了誰也不會放棄的。行，就按照你的方案，我先想辦法把李濤拱成候選人再說。」

「就算李濤不上這個當，放棄當候選人也沒關係，社會大眾肯定會以為是海川市委和東海省委逼退了李濤，那時候，民眾就會批評東海省委和海川市委操縱選舉，輿論也會對東海省委和海川市委很不利的，我看到時候金達這個市長要怎麼當！」秦屯又說。

鄭勝聽了，哈哈大笑了起來，說：「秦書記啊，你真是不同一般的高明啊，我今天才是真的服你了。」

見獵心喜

首先坐不住的就是李濤，他倒沒有真的像秦屯那樣想的見獵心喜，
這是什麼人在背後串聯的啊，
這可不是真的想要把他推上市長寶座，而是對金達同志的一個陰謀。
他們不想要金達做市長，卻把自己推到火線上。

人大會正式開幕，張琳神采奕奕宣布了人大會的開幕，陶文作為省領導列席了會議。

金達在會議上代表市政府作了政府工作報告，他的語調並不高，可是鏗鏘有力，很有一個市長的樣子。張琳和陶文坐在主席臺上，微笑著看著這一切，似乎一切盡在掌握之中。

金達作完政府工作報告之後，會議就進入到了對政府工作報告審議的階段，代表們開始分組討論政府工作報告，會議平穩地向前進行著。

但是讓人擔心的事情還是發生了，有幾個代表團推薦了李濤作為市長候選人，整個局面一下子複雜了起來。

首先坐不住的就是李濤，他倒沒有真的像秦屯那樣想的見獵心喜，他已經在海川政壇上打拼了這麼多年，見過多少的風風雨雨，對市長這個位置早就不熱衷了。

這一次被推舉出來，李濤先是嚇了一跳，這是什麼人在背後串聯的啊，這可不是真的想要把他推上市長寶座，而是對金達同志的一個陰謀。這些傢伙真是太壞了，他們不想要金達做市長，卻把自己推到火線上。

李濤可不想這麼被利用，他找到了張琳，說：

「張書記啊，你看這個情況，我可從來都沒有想過要跟金達同志爭這個市長的，我這個人向來是奉上級意圖馬首是瞻的。」

張琳對發生這種事情也感到十分意外，雖然他早想到了可能有人會在會議上反對金達，可是他沒想到的是，對手會以這種方式來搗亂。

他也不得不佩服對手的高明，推舉了一個很有民望的李濤出來跟金達競爭。如果不管吧，李濤在海川的影響還是有的，再加上某些人從中興風做浪，說不定真就擊敗金達了。

可是要管吧，選舉的操作向來是敏感的問題，如果加以干涉，就會違逆民意，現在已經不同於以往那種消息封閉的時代，網路媒體遍地都是，如果自己做了什麼動作讓金達當選，那第二天網上將會出現鋪天蓋地的帖子，肯定都是批評海川市委的。

這是可以預見到的，現在由於社會上對官場的不良風氣深惡痛絕，只要官方做了一些不當的行為，立刻就會招來各方的批評。

要慎重啊，一著不慎，就會影響全局啊。

張琳笑了笑說：「老李啊，你先別急，我們同事這麼多年了，你是什麼人我是很清楚的，我知道這肯定不是你的意思。」

李濤說：「張書記你明白就好，要不這樣吧，我不接受這個市長候選人的推薦，這樣應該就不會影響選情了。」

張琳想了想，還是覺得不是很妥當，李濤如果做這樣的表態，事情倒是可以馬上就得到解決，可是後續的影響很難評估。

海川市的人們肯定不會不注意到李濤被推舉為市長候選人這件事情，估計這已經是海川政壇上眾人交頭接耳傳播的八卦消息了，大家都想看海川市委如何來處理這件事情。如果簡單的讓李濤一退了之，海川市委和東海省委必然會成為眾矢之的，人們會批評這種市長選舉是一種虛假的民主。

張琳便說：「老李啊，事情不是這麼簡單的。你先別急，我們再全面考慮一下這個問題。」

李濤叫說：「你說我能不急嗎？我這時候如果不趕緊表明態度，金達同志會怎麼看我啊？省裏的領導會認為我為了爭奪市長位置，故意擾亂選舉。你說我李濤什麼時候幹過這種事情啊？咳，真是不知道哪個傢伙在背後故意這麼操弄，這不是害我嗎？」

張琳安撫說：「你的心情我理解，金達同志那裏我會幫你解釋的，現在問題的關鍵不在這裏，關鍵是如何能夠平息這件事情。」

李濤茫無頭緒地說：「我現在一點主意都沒有了，張書記你說怎麼辦吧，我都按照你說的去做。」

張琳心中也沒主意了，幸好省裏還派了陶文同志坐鎮在海川，解決不了，還可以請示陶文，便說：「你跟我一起去找陶文同志，把這個情況跟他談一下，看他是個什麼態度。」

他。

陶文並不在會議上，張琳和李濤就去他住的海川大酒店找到了他，把情況彙報了給

陶文聽完，看看滿臉急色的李濤，笑了笑說：「李濤同志，你不用害怕，你現在的態度很明朗，上面是不會把責任怪到你身上的。」

李濤苦笑了一下，說：「陶副書記，我知道不是我的責任，可是我心中總是不踏實啊，您說我到底要怎麼辦啊？」

陶文笑笑說：「代表們推舉你，這也不是什麼壞事，那你就接受人民的檢驗吧。」

李濤愣住了，他看了看陶文，以為陶文誤解了自己的意思，趕忙解釋說：

「陶副書記，我來找您是想向您尋求解決問題的辦法，可不是向上面示威的，我是想在會議上聲明，說自己不接受這一次的推薦。您看我都這把年紀了，我可不想被人這麼利用。可是張琳同志認為這樣很可能正中設這個局的人的下懷，所以才拖著我來找您，看怎麼解決比較好。」

陶文說：「李濤同志，你別急，我沒誤會你，你是一個很好的同志，這一次你被推舉出來，肯定是某些對金達同志不滿的人用的借刀殺人之計。」

李濤困惑的問道：「那陶副書記說讓我接受人民的檢驗，是什麼意思啊？」

張琳也不甚明白陶文是什麼意思，他看著陶文，等著陶文回答。

陶文笑了笑，說：

「其實我這是順勢而為，我想，推出李濤同志作為候選人的人，肯定會在背後等著看我們如何行動，如果你接受推薦，成為市長候選人，他們可以從中操作，順勢把你推上市長的位置，就算不成功，也會很大的影響金達同志的得票數；如果你不接受，他們肯定就會散佈假消息，說上面為了維護金達同志，逼你退選，這很可能給代表們造成逆反心理，讓他們把不滿宣洩到金達同志身上，不投金達同志的票，所以即使李濤同志退選，金達同志仍然有可能無法當選。」

張琳說：「陶副書記，你分析的很到位，我就是擔心這一點，才不敢輕易讓李濤同志退選的。設計這個局的人居心險惡，讓我們進退維谷，不管怎麼做似乎都有問題。」

陶文笑了笑，說：「他就是想要看我們的笑話，不過，他把我們看得也太弱智了，我們豈是可以任由他擺佈的。我想他可能猜測我們會走退選這步棋，所以我偏偏不讓他稱心如意，就要讓李濤同志繼續參選下去。」

張琳看了看陶文，說：「可是陶副書記，李濤同志萬一真的當選了怎麼辦？」

李濤趕緊對張琳說：「張書記，我可真的沒有要去爭市長的意思，你這樣說，可是要陷我於很尷尬的境地的。」

張琳說：「老李啊，我不是在指責你，不過，你也確實有當選的實力，你在海川的群眾基礎很好，如果再加上別有用心的人在背後鼓吹抬轎，當選也是很有可能的。」

陶文笑著說：「布這個局的人也是看到了這一點，才把李濤同志抬出來作為借刀殺人的工具的。不過李濤同志，你也不用擔心，就是當選了，也是人民對你的選擇嘛。」

李濤苦笑了一下，說：「還是不要了，陶副書記，我可是聽上級的話一輩子了，還想善始善終呢。」

陶文笑說：「李濤同志，你不用想太多，我想，只要你們市裡把選舉工作做到位，應該不會發生這種情況。我們還是要相信人民的眼睛是雪亮的。所以市裏面的領導要多跟各代表團的人解釋一下，上面選擇推薦金達，是因為金達同志年富力強，學識能力足可以擔得起海川市市長的重任，要多跟同志們解釋。我們對人民正當的意願也還是要尊重的，不過對別有用心想要干擾選舉的人也絕不會姑息。」

張琳點了點頭，說：「那我馬上回去安排聯繫各代表團的市領導，力保選舉順利進行。」

李濤說：「那我也回去跟代表們解釋一下，想辦法讓他們收回推薦。」

陶文笑說：「李濤同志，你跟他們解釋是沒用的，反而會給人造成一種上面給你壓力的感覺，現在你一動不如一靜，不要去做什麼，就作壁上觀，避免授人以柄。」

張琳說：「那陶副書記，我們就先回去了。」

陶文對張琳說：「你先別急著走，我還有事情要跟你商量。李濤同志，你先回去吧。」

李濤看了看陶文和張琳，他還想解釋什麼，可是又想不出如何解釋，只好說了聲我先走了，鬱悶的離開了酒店。

張琳看著李濤的背影，搖了搖頭說：「李濤的精神壓力很大啊，他是一個老實肯幹的人，這一次無故被牽連進來，可能晚上連覺都睡不好了。」

陶文說：「你別去擔心他了，他的問題是小問題，我們的問題才是大問題呢。我們的問題解決了，他的問題也就迎刃而解了。你我對這次選舉都擔負著很大的責任，省裏特別派我來坐鎮，也是怕金達同志年輕，壓不住場面，如果真的讓李濤同志當選了，我都不知道要如何向郭奎同志交代了。」

張琳苦笑了一下，說：「是啊，真要那樣，我這個市委書記也不知道該如何向省裏交代了。」

陶文說：「說說你的看法吧，你覺得這件事情是誰搞出來的？」

張琳想了想，說：「我認為這肯定是很熟悉選舉規則的人設計出來的，不然的話，不會這麼精準到位。」

陶文說：「很熟悉選舉的規則，那就很可能是市委、市政府當中的某位領導做的，這個範圍就小多了，這裏面的人你比我熟，你覺得最有可能這樣做的人是誰？」

張琳想了想，他並沒有任何證據可以指證某個人，這件事情非同小可，如果在省委領導心中種下了印象，很可能就會葬送某個人的仕途，這不由得他不謹慎一些，於是說：「這還真不好說。」

陶文瞪了張琳一眼，說：「什麼不好說，都這時候了還不好說，現在這裏就你我兩個人，又不是讓你在法庭上指證什麼人，不妨說說看。」

張琳說：「我猜可能是市委副書記秦屯，不過我也沒有什麼證據，只是說有這種可能。」

陶文點點頭說：「我也覺得可能是他，前幾天你跟我說的那個什麼地產商的事情，我還沒怎麼當回事，原本想在選舉前跟秦屯談一談的，沒想到他生出這麼大的事端來，看來是我忽視了秦屯的能力了。好吧，秦屯，既然你這麼不甘寂寞，我倒要真的要跟你好好鬥一鬥了。」

張琳看了看陶文，問道：「陶副書記有對付他的辦法了？」

陶文胸有成竹地說：「說起來，我在東海政壇也算是老資格了，別的經驗可能沒多少，對付秦屯這樣人的經驗多少還是有一些的，放心吧，小泥鰍是掀不起大風浪的，我如果沒有對付他的招數，又怎麼敢讓李濤不退選呢？」

張琳笑了起來，說：「看來陶副書記心中早就勝券在握了，這樣子我就放心啦。」

陶文說：「你也別覺得輕鬆，我吩咐你的要多跟代表溝通，多做解釋工作，這還是要做的。話說到這裏，我也要批評你，不管怎樣，發生李濤同志這件枝節，還是你這個市委書記沒把工作做到位。」

張琳點點頭，說：「是，陶副書記批評的是，我工作確實有不到位的地方。」

陶文說：「你是第一次主持這種重要性的選舉，其實能做到這樣已經不錯了，好啦，你趕緊回去做你的工作去吧。把秦屯給我叫過來。」

「行，那我走了。」張琳應道。

張琳回到會議上，親自去找到了秦屯，說省委陶副書記要找他談話。

秦屯使出推薦李濤成為市長候選人這一招，也知道問題的嚴重性，所以他的心中也不踏實，聽陶文來找自己，心中更加忐忑不安。他感覺陶文肯定和張琳通過氣了，所以才會派張琳來找自己。

是不是他們發現了自己操弄選舉的事情？問題的嚴重性可能超出自己預計的了。

秦屯這時候有點後悔攪和進這個亂局之中了，他窺視了一下張琳的臉，想從中看出張琳和陶文是個什麼意圖，只見張琳神色如常，一點都看不出什麼來。

秦屯試探的問道：「陶副書記找我有什麼事情啊？」

張琳笑說：「我也不是太清楚，陶副書記只說有很重要的事情要跟你談，讓你馬上就過去一趟。」

秦屯見問不出什麼來，就乾笑了一下掩飾心中的不安，說：「那好，我馬上就過去。」

秦屯匆匆來到了海川大酒店，找到了陶文，問道：「陶副書記，張琳同志說您找我？」

陶文說：「是啊，坐吧。」

秦屯緊張地問道：「您找我有什麼指示嗎？」

陶文說：「你急什麼呢，小秦，坐下來，我們慢慢說。」

秦屯跟著陶文去沙發上坐了下來，陶文問道：「小秦啊，你負責聯繫的幾個代表團的代表們，情緒還好吧？」

秦屯做賊心虛的偷看了陶文一眼，陶文笑咪咪的，就像是一個跟他話家常的慈祥老人，心裏就安定了些，也許陶文只是想跟自己聊聊，瞭解一下會議的情況而已。

秦屯便說：「代表們的情緒都挺好的，都在認真的討論政府的工作報告，提了很多很有建設性的意見。」

陶文笑了笑說：「代表們能積極參與議政是很好的。誒，關於金達同志的市長選舉，那幾個代表們都是個什麼態度啊？」

秦屯回說：「這個嘛，代表們對金達同志都很支持啊，在我跟他們的交談中，他們都表示一定會支持金達同志。」

陶文點了點頭，說：「那就好。小秦啊，你知道省委這次很擔心金達同志太年輕壓不住，怕出什麼問題，所以才派我來海川坐鎮。你也知道，海川市的一二把手都是新上任不久的幹部，不光金達同志稚嫩，張琳同志也沒有主持過這種市長選舉，沒有什麼實質的經驗，因此我感覺擔子很重啊。小秦啊，你是老同志了，經驗豐富，這一次可要幫我多付點責任啊。」

秦屯笑了笑，說：「陶副書記請放心，我負責的代表團肯定不會出問題的。」

陶文滿意地說：「你負責的代表團我當然放心啦，你是老同志，工作肯定會做得很到位的，我是想讓你多幫我留意別的代表團。說起這個，剛才張琳同志和李濤同志到我這裏來，他們跟我報告了一件突發事件，說有代表團要推薦李濤同志做市長的候選人。這件事情你聽說了沒有？」

陶文盯著秦屯的眼睛，看他做何回答。

陶文一提這件事情，秦屯便知道陶文和張琳已經猜測到推舉李濤作市長候選人這件事情是自己做的了，陶文找自己，八成就是為了這件事。

秦屯知道，敵我雙方已是到了一決生死的地步了，反正已經這樣了，害怕也沒有用，自己就給陶文來個抵死不認，想來他也是拿自己沒招的。

秦屯想到這裏，反而冷靜了下來，笑了笑說：「我聽說過這件事情，可能是一小撮不滿金達同志的人想故意擾亂選舉而使出的招數。」

陶文看秦屯神色十分冷靜，既不心虛，也不緊張，便覺得問題還真是可能出在這傢伙身上。

按說這種突發事件不論發生在哪一次的選舉上，都是一個大事件，作為海川市市委領導班子的一員，絕不應該這麼冷靜，因為萬一選舉出了問題，秦屯也是有責任的，雖然不是主要責任，也應該很緊張才對。看來秦屯事先做過兵棋推演，早有應對之策，所以才能這麼冷靜。

陶文心中暗自冷笑：秦屯啊，你是夠狡猾了，可惜的是，狐狸再狡猾也是鬥不過好獵手的，我在政壇打轉這麼多年了，吃的鹽都比你吃的米多，想跟我玩，你還嫩了一點！

陶文便笑笑說：「那小秦你是怎麼看這件事情的？」

秦屯說：「我覺得這是一些別有用心的人使的小把戲，成不了氣候的。海川市的人大代表們都應該知道事情的輕重緩急，肯定會支持上面的決定的。」

陶文有趣的看了看秦屯，笑著說：「小秦啊，你真是這樣認為的嗎？」

秦屯點點頭，說：「當然啦，我也是受組織多年培養的人，我可以保證，我和我聯繫的幾個代表都會支持金達同志成為海川市的市長。」

陶文笑笑說：「你沒忘了你是組織上培養的人就好。小秦啊，你覺得下一步組織要如何來處理這件事情才好呢？」

秦屯看了看陶文，說：「這個嘛，我似乎不太適合發表意見，反正我只有一條，絕對維護組織的意圖。」

陶文笑了笑，說：「這裏沒有什麼外人，你說說無妨，就當給我提供參考意見了。」

秦屯看陶文追問，就說：「要不讓李濤同志退選，不接受代表的推薦？我覺得這個辦法最簡單。」

陶文笑了，說：「你這個想法倒是跟李濤同志很吻合啊。李濤同志知道了自己被推薦的事情之後，馬上就向組織上提出退選的意願，這是一個很好的同志啊。」

秦屯笑了笑，說：「既然李濤同志也是這樣一個態度，大家意見一致，事情應該就算解決了吧？」

陶文搖了搖頭，說：「哪裡會這麼簡單，就怕那些別有用心的人反向操作李濤同志退選的事情，把李濤的自願說成是受了上面的壓力，到時候，代表們就會把不滿宣洩到金達同志身上，選舉還是不能順利進行。」

秦屯點點頭，說：「這種可能也是存在的。」

陶文擔心地說：「小秦啊，情況很複雜，我都不知道該怎麼辦了。」

秦屯說：「其實情況也不是很悲觀，我覺得我們要相信代表同志們的政治智慧。」

陶文笑了，說：「你這話怎麼跟郭奎書記說的是一樣的？」

秦屯心裏一驚，陶文這麼說，事情看來已經彙報到郭奎書記那裡了，不知道郭奎會如何應對這件事情。他問道：「郭奎書記已經知道了？他有什麼指示嗎？」

陶文笑了笑，說：「剛才張琳同志去找你的時候，我跟郭奎書記通了一個電話，跟他彙報會議上出現的新情況，郭書記說，選舉本來就是要民主啊，代表們有推薦候選人的權利，讓我不要緊張，靜觀其變，看事情會往什麼方向發展。」

秦屯並沒有因為陶文這麼說心情就放鬆下來，郭奎這話完全是官面上的套話，這種話可以說有意義，也可以說沒有意義。

秦屯笑了笑，敷衍的說：「看來郭書記對民意很尊重。」

陶文說：「對啊，郭書記說，對正當的民意，我們不但不要去打擊，反而應該支持。李濤同志如果真是有民意支持，那是好事，說明李濤同志平時紮根很深，群眾才會這麼支持他。不過，郭書記也提醒我，要注意分辨正當民意和那些故意干擾選舉的行為，對那些故意干擾選舉、操弄選舉程序的行為，是絕不能姑息的，必須予以嚴厲打擊。所以郭書記要求我們要多注意觀察，看是不是有別有用心的人在從中煽風點火，刻意阻撓選舉順利進行。」

陶文轉述的這些話，可是很有針對性的，秦屯相信陶文之所以要把他找來說這些話，所謂的「別有用心的人」，說的可能就是自己。

秦屯雖然神色未變，心裏卻開始敲起鼓來了，他強笑了一下，說：「郭書記指示的很對，我們是應該對那些擾亂選舉、別有用心的人有所警惕。」

陶文嘆了口氣，說：「小秦啊，我這個老傢伙這次工作沒做到位，事先沒有提防這些不好的動向，郭書記雖然沒有明著批評我，可我心裏很不是個滋味，我明白，郭書記這是看我上了年紀，不好意思當面批評我控制不住局面，給我留了面子呢。」

秦屯陪笑著說：「陶副書記，你也別把責任都往自己身上攬，這又不是你一個人的責任。再說，事情還沒到完全失控的地步，結果還很難預料啊。」

陶文笑了笑，說：「這倒是，反正我現在是做了兩手準備了，一切順利的話，什麼都好說，如果這次金達同志沒有順利當選，我會向省委作出檢討的。同時，我一定請求省委嚴查這次事件，務必找到元凶，給予嚴厲的懲戒。」

秦屯心裏越發七上八下的了，他不好說什麼，只能連連點頭說：「那是，那是。」

陶文看了看秦屯，他感覺雖然已經側面敲打了秦屯，不過力度還稍顯不夠，便接著說道：「小秦啊，這件事情我分析過了，這件事情操作的這麼精確，肯定是你們海川市委、市政府這些領導同志當中的某個人幹的，因為操弄這件事情的人很熟悉選舉程序，不是一定級別的官員達不到這個水準。這個人自以為很聰明，可是有些時候，人太聰明反會被聰明誤啊。我跟郭奎書記把可能的人選一一分析過了，我們都覺得，如果這次選舉金達同志真的落選了，海川市領導班子就需要做某些調整了。」

說到這裏，陶文眼神銳利的看著秦屯，說：「小秦啊，你覺得我們這個分析對嗎？」

秦屯後背上的冷汗下來了，到現在為止，陶文雖然沒明說這一次的事件是他在操弄的，可話裏話外的意思，卻幾乎等於是在指著他的鼻子說就是他幹的。

最關鍵的問題是，現在不光是陶文這麼認為，省委書記郭奎的看法也跟陶文一致。這說明什麼？說明這次選舉如果真的金達落選了，省裏恐怕要處理的第一個人不是別人，就是他秦屯。

雖然秦屯可以肯定，省裏抓不住他的什麼把柄，可是郭奎如果對他有了惡劣的印象，要想對付他，辦法可是很多的，不說別的，把他調到某個閒散部門去任個閒職，就夠他喝一壺的。

秦屯是很享受權勢的人，他對權力帶給他的名利趨之若鶩，可不想這麼早就去過半退休的生活。而且，從一個有實權的市委副書記變成省裏某個無關緊要部門的副職官員，等於是從天上掉到了地下，其中的差別不言而喻。

現在秦屯已經沒有什麼可以依靠的後臺，之前以為許先生可以幫他從上使力，也證實只是個騙局，現在他沒有跟陶文、郭奎叫板的實力，偏偏郭奎和陶文是那種幾句話就可以改變他命運的人。

儘管秦屯很想搞掉金達，可是要讓他付出權勢的代價去換取搞掉金達這個結果，他可是不幹的。

秦屯無奈地乾笑了一下，說：「您和郭書記都是領導，分析的當然不可能是錯誤的，不過，這也許只是一個偶發事件，很可能只是某個代表認為李濤同志很優秀，就推薦他做了候選人。這只是選舉當中一個小小的波折，相信不會影響整個選舉的大局的。」

陶文意有所指的說：「看來小秦你對選舉結果還很樂觀嘛，不知道你這個樂觀從何而來啊？」

秦屯笑笑說：「我當然樂觀了，郭書記不是也認為我們的人大代表是很有智慧的。我相信他們一定會處理得很好的。」

陶文說：「希望如此，要是那樣，大家都可以交代的過去。」

秦屯說：「我相信肯定會如此的，陶副書記，你放心，我們會在張琳同志的領導下，打好這一仗的。」

陶文笑笑說：「你們有這個信心就好，小秦啊，跟你聊了一下，我覺得心情輕鬆了很多，還是你們這些年輕同志有魄力啊，敢於面對一切困難。你回去好好配合張琳同志、金達同志，把這場選仗給我打得漂漂亮亮的。」

秦屯點了點頭，說：「我一定不辜負陶副書記的期望。」

秦屯就告辭離開了。

陶文坐在那裏若有所思，他相信經過這一番談話，秦屯可能比金達還希望讓金達順利當選海川市市長。可是形勢真的轉變過來了麼？還有沒有其他方面的勢力參與其中呢？還有，秦屯這時候有沒有收拾局面的能力呢？

這些，陶文心中也沒有把握，他一生做事都很謹慎，往往都是謀定而後動，可是這次秦屯搞了這麼一齣另推候選人的把戲，完全打亂了他的章法。

陶文心中暗罵秦屯，心說：老子我這半生來都沒有什麼大的失誤，快要退下來時卻被你這個小子擺了一道，等著吧，如果這次金達真的落選，我一定好好收拾你一下！

秦屯離開酒店，就匆忙找了一部公用電話打給鄭勝。他擔心陶文和張琳因為選舉出了狀況，可能會監聽他的手機，因此不敢用自己的手機打給鄭勝。

鄭勝過了好半天才接電話，一來就問道：「是哪位？」

秦屯沒好氣的說：「什麼哪位？是我，你怎麼這麼半天才接啊？」

鄭勝笑了笑，說：「原來是秦副書記啊，你怎麼換了這麼一個陌生的號碼？」

秦屯說：「別稱呼我的名字和職務，我跟你說，你現在趕緊跟你熟悉的那幫人說一聲，我們現在要支持金，不再支持李了，你明白嗎？」

鄭勝詫異的說：「怎麼了，不是都說得好好的嗎？怎麼又變卦了？發生什麼事情了？」

秦屯說：「有領導找我談過話了，再支持李，對我很可能不利，其他的話我就不跟你說了，等這次事情過去了我再跟你解釋，你就趕緊按照我說的去辦，知道嗎？」

「可是……」鄭勝遲疑地說。

「沒什麼可是了，」秦屯打斷了鄭勝的話：「你就趕緊按照我說的去辦吧。」

鄭勝有些無奈，如果沒有秦屯的支持，他聯絡的幾個代表也起不了風浪，他只有放棄，便說：「好吧，我馬上去跟他們說。」

秦屯見鄭勝同意了，這才鬆了口氣，他相信自己和鄭勝撤銷了對李濤的支持，基本上可以起到釜底抽薪的效果，相信就算有零星支持李濤的，也無關大局了。

話。

選舉前夜，時間已經過了十點，傅華和趙婷都要準備睡覺了，突然接到了金達的電話。

電話中，金達的聲音略顯疲憊，問道：「傅華，這麼晚沒打攪你吧？」

明天就要正式選舉市長了，傅華知道這次的選舉頗不平靜，形勢詭譎難測，金達肯定十分緊張，這時候傅華對接到他的電話是一點不意外的。

傅華便笑了笑說：「沒有。」

金達苦笑了一下，說：「傅華，我發現自己還真是個俗人，原本覺得可以視名利如糞土，哪知道事到臨頭，卻緊張到不行。明天就要選舉了，我這一晚上都心神不寧，想來想去，只有你還可以聊聊心裏話，所以打給你。」

傅華說：「這種事情任誰都會緊張的，尤其是今年的選舉還出了狀況。」

金達說：「看來你也知道李濤副市長被推薦出來的事情了。」

傅華說：「這次選舉是公眾關注的焦點，我就是想不知道都不太可能的。」

金達問說：「那你怎麼看這件事情？」

傅華說：「這件事情肯定是某些人在背後攛掇的，李濤副市長那個人是不會搞這種事情的。」

金達笑了，說：「我也瞭解李濤同志，他不是背後做小動作的人，可是一旦黃袍加身，他就是不想，怕也是沒辦法啊。」

金達這是引用了宋太祖趙匡胤在「杯酒釋兵權」時對大臣們說的一句話。

據野史記載，建隆二年的一天晚朝時，宋太祖把石守信等禁軍高級將領留下來喝酒，當酒興正濃的時候，宋太祖突然摒退侍從，嘆了一口氣，給他們講了一番自己的苦衷，說：「我若不是靠你們出力，是到不了這個地位的，為此我從內心感念你們的功德。但做皇帝也太難了，還不如做節度使快樂，我整晚都不敢安枕而臥啊！」

石守信等人驚駭地忙問其故，宋太祖說，這不難知道，我這個皇帝位誰不想要呢？石守信等人聽了，知道這是話中有話，連忙叩頭說：「陛下何出此言，現在天命已定，誰還敢有異心呢？」宋太祖說：「不然，你們雖無異心，然而你們的部下想要富貴，一旦把黃袍加在你的身上，你即使不想當皇帝，到時也身不由己了。」

金達說這番話的意思，是說李濤本身可能沒有這個意思，但是市長寶座誰不想要啊，同時，可能有些人想借李濤謀取利益，就把李濤推了上去，李濤就是想推脫也是不能的。

傅華笑了笑說：「金市長，您是在擔心這次選不上？」

金達說：「是啊，雖然陶文副書記跟我說，上面是絕對支持我的，讓我不要擔心，可是上面並沒做什麼勸退李濤的動作，我可不敢說自己穩操勝券啊。」

傅華安慰說：「我倒覺得您可能是多慮了，我想您這次當選應該是沒問題的。」

金達沒有信心地說：「傅華，你別說好聽的話來寬慰我了，現在形勢真的很緊張，我都搞不清上面是怎麼想的了。」

傅華笑笑說：「那我來告訴您上面是怎麼想的，上頭肯定認為您這次一定能順利當選，這是絲毫不用質疑的。」

金達不敢置信地說：「真的嗎？我怎麼看不出來？」

傅華說：「您沒看出來，是因為您是當局者，當局者迷。」

金達笑了，傅華總是能在關鍵的時候給他信心，他說：「那你說說，你這個旁觀者為什麼這麼認為？」

傅華分析說：「其實再簡單不過了，現在上面對您的支持沒變，可是對李濤同志另行被推舉出來作為候選人也沒進行干預，這說明什麼？說明上面認為李濤同志被推舉出來並不會影響到您的當選，因此也就不需要進行干預。這是對您有信心的表現。」

金達說：「真的嗎？你這麼說也不是沒有道理啊。」

傅華其實並不能確信陶文和張琳真是這樣想的，不過，他這時候只能給金達打氣，讓金達恢復自信。

金達笑說：「傅華，我總能從你這裏找回信心來。這一次如果我能順利當選，我想跟張琳同志商量一下，給你掛個副秘書長的職銜。」

金達沒有了落選的擔憂，便想啟動他想了一段時間的計畫，他覺得傅華對他的重要性越來越大，就很想讓傅華回到海川市政府裏工作，從旁協助自己。

但金達實際上錯估了傅華目前的狀況，趙婷一旦懷孕，傅華勢必將和趙婷一起移民澳洲，所以更不可能回海川工作了。

也正因為如此，傅華對於能不能成為副秘書長並不是很在意，他笑了笑說：「金市長，這還是等您正式當選了之後，再來討論吧。」

因禍得福

李濤對自己得到這個位置也是十分的意外，
按照過去慣例，他現在的年紀早已過了可以提拔的階段了，
他早有心理準備在副市長位置上幹到退休，
沒想到自己竟然因為被利用了一下，因禍得福成了廳長。

第二天，當金達和陶文、張琳這班領導走上主席臺的時候，他的心情還是很難平靜下來，雖然傅華已經幫他分析的很透澈了，但真要去面對代表們的選擇時，他的心還是七上八下的。

金達在主席臺上坐定之後，看了看臺下的代表們，代表們都顯得很平靜，前排偶爾有人的視線會和金達碰觸，可是碰觸之後，眼神馬上就會閃躲開，金達並不能從這人的眼神中看出什麼特別的意味來。雖然他很想從他們的眼神裏知道，這個人究竟選擇了自己還是沒有。

金達感覺有些滑稽，自己的命運在這一刻，完全不是掌握在自己手裏，而是掌握在這一張張薄薄的紙片上。

選舉正式開始，會場變得莊嚴起來。

金達跟著張琳走到了投票箱前，張琳把自己的選票做出要投入投票箱裏的動作，然後略微停頓了一下，讓攝影師拍了一個特寫，就鬆開選票，讓選票進入票箱之中。

金達在其後跟著，也照著張琳的動作做了一遍。當選票落入票箱的那一刻，金達的心反而鎮定了下來，不再患得患失，一切就等結果出來吧。

他的心不再懸在半空了，他開始感覺其實這裏面最滑稽的不是別人，而是自己了。

不久之前，自己還身在中央黨校，那時候心中惶恐的可不是能不能當選市長，而是自己會不會被趕出了海川市，自己未來的仕途將如何發展。那是金達仕途當中受到的第一個重大挫折。

在中央黨校的那段時間，他的心情是十分鬱悶的，他本是一個書生，覺得只要做好自己的本分，什麼問題都可以解決。他在省裏跟著郭奎書記的時候，就是這樣幹的，他也因此得到了郭奎的賞識。

但是，這個模式在海川就有點行不通了，現實與他的想像完全相反，他照自己本分做了，偏偏卻遇到了徐正這麼一個專橫跋扈的領導。

徐正根本就不知道什麼忠言逆耳之類的事情，完全是憑一人的好惡來作為判斷事務的好壞的標準，他出於好心的幾次向徐正提出意見，卻被徐正視為在挑戰徐正的權威，因此對他的打擊就不惜餘力，直至把他逼出海川。

這時候的金達才明白，做一個官員絕對不是研究經濟發展政策那麼簡單，研究政策有明確的是與非，可是政壇上卻根本就沒有這個是非標準，自己明明就沒有做錯什麼，可就連一向維護他的郭奎在關鍵的時刻都不能給予他想要的支持。

金達知道自己把做官想得太過於簡單了，雖然他研究其政策發展來，省委書記郭奎都很佩服他的學識和才幹，可論起做官來，他還是一個蹣跚學步的小學生而已。

金達本身就是一個學者性格的人，他對自己還沒掌握的東西天生就有一種渴望學習的精神，他一方面認真思索起那些領導們的做事方式和風格，從中學習自己不知道的官場規則，中央黨校也是他一個很好的學校，這裏每一個學習的學員都是官員，他也觀察了很多同學的行為舉止，從中也學到了很多東西；另一方面他接受傅華的建言，不去以頹廢打發在中央黨校的這一段學習時間，靜下心來從自身的長處出發，思考形成了海川的海洋經濟發展戰略。

事實證明，這一切的努力都沒有白費，機會是留給有準備的人的。轉瞬之間，形勢逆轉，徐正猝死異國他鄉，他卻因為那份海洋戰略被郭奎重新啟用，意外的後來者居上，反而成了海川市的代市長，才有了今天被代表們選擇的機會。

能到今天這個地步，已經算是僥倖了，就算沒被選上又能怎麼樣呢？自己難道就不是金達了嗎？什麼時候自己開始如此患得患失了呢？什麼時候開始，自己這麼在乎權力了呢？自己還是那個看到不公正就敢於挺身而出、據理力爭的人嗎？

這一切應該是在自己成為海川市代市長的那一刻開始的，金達感覺自己成了代市長之後，他的變化確實很大，他在很多方面開始縛手縛腳，開始瞻前顧後，再也無法做到像剛來海川時那種對什麼都不感覺畏懼的狀態了。

也許無知者才能無畏吧，那時候的自己，完全是憑著一腔熱血來做事的，自己眼中黑就是黑，白就是白，完全沒有模糊界限，可是現在呢，自己在仕途中受了挫折之後，也開始變得圓滑起來，他開始更適應官場的生存方式，甚至感覺自如了起來。

這應該算是一種進步，可這種進步正在泯滅自己原本的個性，這是好還是壞呢？自己在正式成為海川市市長之後，會不會也變得像徐正一樣，霸氣十足，唯我獨尊呢？

金達自己也不敢保證，他從徐正主政海川的過程中，對政壇已經有了一定程度的瞭解，當一個人到達主政者的位置上的時候，各方對他的制約實際上是在弱化的。

雖然在制度的設定當中，對市長的權力有很多的制約和監督，可是這些制約和監督本身也受制於市長的權力之下，甚至那些制約和監督者本身也會為了這樣或者那樣的利益，變成對市長權力的諂媚者。

因此徐正的肆無忌憚就有了它存在的土壤，身邊的人紛紛阿附巴結他，為他搖旗吶喊，成為權力的奴隸，反對徐正擅權的自己反而成了異議分子，整個就是一個大錯位。

從傅華對他的稱謂由「你」變為「您」的那一刻起，金達就知道自己已經變了，起碼在周圍人的眼中變了，就連像傅華這樣不是很熱衷權勢的人，也不得不給自己改變稱號，權勢對人的影響還真是大啊。

但金達知道自己不管怎麼變，是不會變成像徐正那樣為了自己的利益而罔顧人民損失的，他還有做人的基本良心，所以他也希望自己能固守初心，不要被權力所腐蝕，變成一個獨斷專行的人。雖然他知道這確實很難。

可能這就是傅華不願意更深地涉入到這爭權奪利之中的原因吧，此刻，金達更加佩服傅華的這種寧做一個旁觀者的理智。

金達的眼光掃到了市委副書記秦屯，淡定下來的他開始注意到更多的細節，他突然發現，似乎秦屯比他這個候選人還顯得緊張，他的眼神中有一絲惶恐，還有一絲做了賊的心虛，因為秦屯眼神一碰觸到他之後，就迅疾閃開，完全沒有往日的深沉和冷靜。

金達感到好笑，接受選擇的人是自己和李濤啊，你秦屯緊張什麼？

忽然，金達腦海裏電光石火一閃，他明白了，這一次推李濤出來作候選人的人，一定是秦屯，秦屯比自己更關心選舉的結果，更想看自己落選，因此他才會對一個與他毫無關係的選舉結果這麼在意。

這一點自己早就應該想到了，李濤雖然是年齡和資歷都比自己深厚，可是李濤是支持自己出任市長的，所以並沒有理由出來競爭這個市長，而海川市領導班子當中，真正對自己有敵意，又能從自己落選中獲得某種好處的人，就是秦屯。

他跟自己爭過代市長的位置，自己嚴厲處分的那個海盛置業的鄭勝，據說也跟他走得很近，而他堅持沒收鄭勝的保證金，肯定也深深得罪了秦屯和鄭勝那一派的人。

金達感到臉上一陣發熱，他為自己這段時間亂了方寸而感到羞愧，幸好這一次還有張琳和省委副書記陶文給自己護航，如果沒有他們的加持，自己獨自應對這個局面，還能處理的這麼波瀾不驚嗎？

金達感覺自己又學到了很多東西，臉上露出了自信的笑容，心中暗道：這次就算我沒當選，也積累了很多的經驗，大不了就像之前在黨校一樣，等待時機再出發。自己還年輕，一定還會有更多機會的。

秦屯眼角的餘光看到金達臉上的笑容，心裏暗自鬆了一口氣，金達笑得這麼開心，肯定是對選舉有了充分的把握了。

大致上，金達對秦屯的猜測都是正確的，不過在最根本的方面，金達的估計卻是錯誤的。秦屯緊張的不是想讓金達落選，而是想讓金達當選。

雖然秦屯已經佈置下去，讓那些跟自己有聯繫的代表們轉而支持金達，鄭勝那邊他也有了交代，可是他還是很擔心這一次的選舉結果，尤其是擔心鄭勝不受控制，仍然堅持反對金達。

秦屯明白這一次自己是遇到了政壇的高手了，陶文這個老狐狸不愧是東海省政壇這麼多年的不倒翁，政治經驗老辣，他一出手，就四兩撥千金的化解了自己認為一定會害和金達左右為難的狠招，不但化解了，還轉而把自己給套了進去，讓自己不得不進入他為自己套好的驢套中，轉而還要為金達拉磨。

不過這個時候，秦屯也沒時間去後悔不該設下這個沒有害到人反而害到自己的陷阱，他急切的四處奔走，為金達說盡好話，全力想要金達順利的當選，不僅要讓金達順利的當選，還需要讓金達得到高票當選的漂亮。

因為秦屯心裏很清楚，如果金達勝得勉強，那郭奎和陶文還是會覺得顏面無光，還是會認為一定是秦屯從中作梗，那他這個副書記的位置還是岌岌可危。秦屯當然不想看到這種結果，因此就不得不更加積極的為金達奔走。

此刻坐在主席臺上的秦屯真是如坐針氈，他比金達更急於看到選舉的結果。幸好金達看上去神態輕鬆，讓他多少放了一點心。

投票結束，選舉結果很快就統計了出來，並沒有出現什麼爆炸性的意外，金達高票當選，李濤僅僅得了幾十票而已。

張琳首先看到了結果，他向坐在自己身邊的陶文豎了一下大拇指，對陶文的政治智慧表示深深的敬佩。

兩人相視一笑，都長出了一口氣，這次的選舉總算有驚無險的勝利過關了。

張琳把結果遞給陶文，陶文看了看之後，還給張琳，讓身兼人大主任的張琳公佈。

張琳站了起來，對著麥克風說：

「下面我公布，金達同志當選海川市市長，祝賀你，金達同志。」

金達站了起來，先向台下的代表們鞠躬表示感謝，然後跟主席臺上的領導們一一握手，讓他很詫異的是，他跟秦屯握手的時候，秦屯用力的握了握他的手，連聲表示祝賀。

在金達眼中，秦屯笑得比他還開心，還真誠，讓金達一度懷疑自己對秦屯的猜測是錯誤的，如果這一切真是秦屯設計的，他應該不會比自己還開心吧？

金達不知道的是，秦屯的開心是因為金達的高票當選保住了他市委副書記的位置，他在為保住了自己的權位而開心，自然是很真誠的。

另一個表現得很開心的人是副市長李濤，選舉結果沒出意外，讓他心頭的一塊大石落了地，他不用再去擔心無法跟上級交代了，因此笑得十分燦爛。

張琳接著說道：「下面請新當選的海川市市長金達同志致辭。」

金達離開座位，走向了講話的位置。

這幾步距離他走的很穩健，很自信。這一次的選舉對他實際上又是一次煎熬和歷練，在獲得了成功的同時，他自己也有了很多的感悟。

金達走到講臺前，頓了一下，眼睛往台下的代表們看了看。

他的眼神深邃，這一次他已經忽略了前面幾排的代表，似乎看到了坐在最後一排的代表們。

代表們都覺得金達看到了自己，每個人都覺得金達身上有那麼一種威嚴，人們已經開始相信，這個金達是有能力領導他們搞好海川市的經濟的。

這一刻，金達自信滿滿，也覺得自己有著足夠的領導能力，有足夠的信心去面對一切的困難，他的講話簡短而有力，博得了全場代表熱烈的掌聲。

不過，此刻的金達並沒有被到手的勝利弄得昏昏然，在正式成為海川市市長的同時，他感到肩膀上的擔子更重了，他想比前任做出更好的成績，還要警惕自己不要重蹈徐正的覆轍，還要……

因此在短暫的興奮之後，金達的面色沉重了下來，他顯得更像一個成熟的市長了。

對海川市這一次的市長選舉，輿論紛紛給予了一致的高度評價，特別是出現了代表們另行推薦候選人的事情之後，上面並沒有為此大動干戈，也沒有採取任何干涉選情的舉動，反而選擇了包容和接受，展現了當局的自信和風度，更順應了民主的潮流。

最終的結果也驗證了這樣的做法是正確的，組織上推薦的候選人以高達百分之九十多的高票當選。

當然，這一次選舉後來也並沒有得到大肆的宣傳和表彰，陶文讓李濤繼續參選終究是一招險棋，是緊急狀態下的一種權宜之計，雖然這一次幸運的冒險成功，可是並不代表這一次的行為就值得提倡，領導們大多還是希望每一次的選舉能夠平平安安，如果提倡了這一次的行為，代表們見組織上提倡另行推薦候選人，說不定會群起效仿，那樣的話，會造成一定程度的混亂的。

人大散會的晚宴上，陶文領著張琳、金達等人挨桌敬酒，一幅和諧的畫面，沒有人知道在臺面下，這些來敬酒的領導們實際上已經發生過一場暗戰了。

秦屯跟在金達的身後，眼神卻去瞄著陶文的神情，雖然選舉達到了預期的結果，可是秦屯仍然擔心陶文會秋後算賬，在一切塵埃落定後，隨便找個理由給他點顏色看看。不過，看上去陶文的心情還不錯，不時還會跟認識的代表開個小玩笑什麼的，逗得代表們哈哈大笑。

第二天，陶文就離開海川，回了省委。

陶文到了省委，首先就去見省委書記郭奎，就這次海川市人大選舉的情況做一個總彙報。

郭奎聽陶文講完了整個過程，欣賞地看著陶文，說：「老陶啊，這一次幸虧是你出馬，如果換了別人，稍有不慎，可能就是另外一個局面了。」

陶文笑了笑，說：「郭書記高看我了，說不定本來就沒有什麼的。」

郭奎搖搖頭，說：「你我心裏都明白，無風不起浪，是你及時遏制住秦屯這些人的不良企圖，才會讓這場選舉這麼平穩完成。」

陶文看看郭奎，問道：「那郭書記打算如何處置秦屯？」

郭奎說：「我能怎麼處置他？現在也找不到什麼處置他的理由，而且海川市市長選舉剛過，這時候處理重要幹部，會讓人非議的。」

郭奎暫時不處置秦屯，陶文也鬆了一口氣，他沒忘記當初可是他向郭奎推薦秦屯出任海川市市委副書記的，如果處置了秦屯，他陶文的面子上也不好看，尤其是沒什麼可以公開的理由就處分的話，會給東海政壇上的人們造成一種誤解，那就是郭奎已經出手對付陶文的人了，說明了陶文在東海政壇可能要失勢了。

這種誤解對陶文來說是很難接受的，他現在雖然年歲日漸大，可是仍然還在政壇上活躍著，可不想沒下臺就看到別人的勢利眼。

陶文點點頭說：「把他先放放也好，現在倒也看不出秦屯還有別的什麼惡行。」

郭奎說：「秦屯可以先放一放，可這李濤怎麼辦？」

陶文看了看郭奎，問道：「郭書記是擔心李濤同志跟金達同志爭過市長，他們二人會心存芥蒂？」

郭奎說：「是啊，你知道海川是我們東海省的經濟大市，如果市長和常務副市長之間鬧點什麼嫌隙，會影響海川市的經濟大局的。尤其是金達，現在還嫌稚嫩，原來他就不能很好的處理跟徐正之間的關係，我擔心這一次選舉把兩人關係搞得更加複雜，他沒有能力應對這一切。」

陶文想了想，說：「我覺得李濤是個老同志了，他能處理好跟金達同志之間的關係的。而且，這一次李濤處理事情還也很得體，跟組織上十分的配合，何況這次的事件也不是他搞出來的，他只不過是被人當做了利用的工具而已，如果動他，似乎有些不好吧？對外影響也會很差的。」

郭奎笑說：「老陶啊，我擔心的不是李濤同志，我擔心的是金達同志，他如果不能很好的處理跟李濤同志的關係，會影響工作的。再說，你以為我想給李濤同志安排一個閒職嗎？我可不是這個意思。這一次我也覺得李濤同志應對的很好，像這樣一個好同志，組織上是應該給予獎賞的，他在副市長的位置上也打轉多年了，也該上一個臺階了。」

陶文說：「郭書記想要破格給李濤同志安排新職務？」

郭奎點了點頭說：「李濤同志兢兢業業這麼多年，組織上應該為他多考慮考慮，不要給人一種老實人總吃虧的感覺。」

陶文笑笑說：「那倒是，官場上都是些能鑽能跳的人興旺，像李濤同志這樣本分的人十分吃虧，郭書記打算給他怎麼安排？」

郭奎考慮說：「按照李濤同志的年紀，再做政府系統的一把手似乎不太合適了，找一個廳讓他做廳長吧。最近交通廳的廳長又被雙規了，交通廳接連三任的廳長都出狀況，這個廳的邪氣太重，需要一個老成持重、為人正直的人去好好壓壓這股歪風邪氣，我覺得李濤同志很適合。」

「李濤同志的為人我是信得過的，可是我覺得他不太適合去做這個廳長，他的魄力似乎稍顯不足。」陶文提出了他的看法。

郭奎說：「老陶啊，我倒覺得去交通廳不需要什麼魄力，而是要能壓得住邪氣，前幾任廳長都很有魄力，可是受起賄來也是魄力十足，哪一個的受賄金額不是觸目驚心？我想要的就是李濤同志的謹小慎微，讓他用身上的正氣把交通廳的邪氣扭轉一下。」

陶文聽了，說：「這個倒是很有道理。」

郭奎說：「那我就準備向上面推薦李濤了。這個暫且先放在一邊，老陶啊，根據你這次的觀察，你覺得金達同志的表現怎麼樣？」

陶文笑說：「郭書記，我覺得你為金達同志考慮的已經夠多了。」

郭奎說：「我還是有點不放心，說句實話，把金達同志放在海川市市長的位置上，我感覺是有點冒險，他從省裏下去的時間並不長，執政的經驗還嫌不足啊。」

陶文說：「據我觀察，金達同志也許政治手腕還不夠嫻熟，不過能力、魄力方面已經足可以獨當一面了，我相信假以時日，他會有更好的表現的。」

郭奎看了看陶文，說：「老陶，你是這麼看他的？」

陶文點點頭，說：「我可以看得出來，這一次選舉，金達同志一開始的時候略顯焦慮，可是他還是能做到處變不驚，穩住陣腳，對一個初上戰場就面臨選舉市長這麼大場面的人，這算是很不錯的。更難能可貴的是，到選舉後期，他已經能夠做到從容自如，說明他的學習能力很強，郭書記，你沒看錯人。」

郭奎說：「老陶，聽你這麼說，我心裏真是很欣慰，我生怕用錯了一個人，給海川造成不可挽回的損失。」

陶文又說：「不過，郭書記，金達這次雖然順利當選了，可是危機並沒有真正的得到解決，有機會，你還是跟金達好好談一談，要他有些地方要多加注意一點。」

郭奎笑了笑說：「我知道，我會找他談談的。」

海川。

鄭勝氣哼哼的找到了秦屯的辦公室，見到秦屯，就嚷嚷道：「秦副書記，你最好給我一個合理的解釋，這次本來是一個大好的機會，可以將金達趕出海川，為什麼你要做縮頭烏龜，讓金達風風光光的成了市長？」

秦屯沒好氣的瞪了鄭勝一眼，說：「你嚷嚷什麼，還嫌我不夠煩啊？」

原來選舉雖然是塵埃落定，可是秦屯知道事情並未到此結束，省委對這次的橫生枝節究竟會做何處置，現在誰也心中無底。

雖然陶文暗示過，只要金達順利當選，就不會追究相關責任，可是郭奎會不會也這麼認為，秦屯可就一點把握都沒有了，因此現在換秦屯去擔心事態的後續發展了。

鄭勝說：「怎麼了，事情不是結束了嗎？你再煩也改變不了事情的結果。」

秦屯叫說：「誰告訴你事情結束了？我告訴你，事情還沒有結束，省裏肯定會對這次另推候選人的行為追究責任的。」

鄭勝不以為意地說：「真不知道你在怕什麼，到現在為止，並沒有任何人調查過任何事，而且我相信，如果真要調查，也是調查不出什麼來的，他們沒有證據，又能拿你怎麼樣？」

秦屯煩躁地說：「你知道什麼？省委如果要處理一個幹部，還需要什麼證據嗎？我當時為什麼急於找你，讓你撤回對李濤的支持，就是陶文當著我的面跟我說，如果這次選舉不能順利的結束，那省裏就會調整海川市的領導班子，到時候他如果把我調到人大或者政協之類的部門，是不是你就高興了？」

鄭勝看了看秦屯，說：「他真的會這麼做？」

秦屯說：「你根本就不懂官場上的運作規律，很多人都是這麼被處理掉的。」

鄭勝說：「好了，你煩什麼？就算他這麼說過，他的目的也已經達到了，他該滿意了，還想怎麼樣啊？」

秦屯擔心地說：「上意難測啊，誰知道省委會怎麼處置這件事情啊？反正我覺得這件事情絕對不會風平浪靜的就這樣過去。」

鄭勝說：「那你要擔心到什麼時候啊？省裏如果一直不處分你，你是不是要擔心一輩子啊？」

秦屯說：「那倒不用，這裏有一個風向標，我在等著看省裏這一次如何對待李濤，省裏如果真的對我想有什麼動作，肯定會跟李濤一起處理的。」

鄭勝說：「你是說省裏會處理李濤？」

秦屯說：「肯定的，李濤在這件事情上，不管立場如何，他跟金達的關係都會複雜起來，郭奎和陶文這麼精明的人不會想不到這一點，他們必然會有所處置。」

鄭勝說：「不管怎麼處置，也是難以撼動金達的。」

秦屯說：「好啦，我現在自保都很難，哪裏還去管撼動金達什麼的。」

鄭勝看秦屯心情不佳，再聊下去可能更加無趣，便說：「看你今天心情不好，我走了。」

秦屯沒好氣的說：「走吧，走吧。」

另外一邊，在金達的辦公室，李濤在跟金達彙報完工作之後，說：「金市長，我覺得選舉的事情需要跟你解釋一下。」

李濤是一個很忠厚的人，他害怕金達對他會有什麼意見，因此選在這個時候想跟金達好好做一番解釋。

金達大體上能猜得到李濤現在的想法，便笑了笑說：「老李啊，大家是公平競爭，我不會介意的，你也別放在心上，事情已經過去了，就讓它過去吧。」

李濤聽金達還是把他的參選定位為競爭，心裏就有些緊張，他擔心的就是這一點，這是一場他本來無意參與的戰局，他也無意去挑戰金達的位置，但在外人的眼中，卻是他在跟金達競爭，甚至金達自己也這麼認為。

李濤說：「我還是要解釋一下，我根本就沒想要參選，被推薦成候選人之後，我馬上就找了張琳書記，提出要不接受提名，可是張琳書記經過思考之後，覺得退選可能反而會對金市長的選舉不利，所以我才沒這麼做的。」

金達愣了一下，他還真的沒想過事情的真相是這樣。

李濤看金達愣在那裏，以為金達不相信自己，趕忙說：「金市長，我說的都是真的，不信，你可以去問張書記，我確確實實沒想過要跟你競爭。」

金達反應了過來，笑笑說：「老李，我們共事的時間已經不短了，你是什麼人我還是瞭解的，你是一個好同志，我相信你。我是不瞭解情況，這麼說來，我還應該謝謝你呢。」

李濤說：「謝就不用了，只要金市長不誤會我就好。」

金達說：「我相信你，應該謝謝你對我的大力支持，現在我成了海川市的市長，還需要你更加支持我啊。」

李濤鬆了口氣，說：「是我在金市長的領導下工作，請放心，我一定會配合好您的工作的。」

李濤說完就要告辭離開，金達頓了一下，他本來沒有要送李濤到門口，可是又有些想要讓李濤放心的意思，就站了起來，將李濤送出了辦公室，最後還用力跟李濤握了握手，拍了拍李濤的肩膀，以示親切。

便有有心人看到了這一幕，海川政壇上便開始有各種傳言，有的說金達是在刻意表演團結的戲碼，反正他已經勝利了，所以乾脆表現的大度一點；另外有些人則開始為李濤抱屈，說什麼李濤是海川市政府的老領導了，現在被金達這個後生晚輩又拍肩膀又幹什麼的，羞辱到了一個不堪的地步等等。

這些小道八卦越傳越兇，傳到最後好像金達和李濤已經水火不相容了。其實雙方當事人心中本來根本沒這些想法，可是慢慢各自耳朵裏也聽到了一些風聲，雖然並沒有因此而反目，可是相處上就有些不自在了起來。

金達被郭奎叫到了省裏。

郭奎看了看金達，說：「秀才啊，市長選舉這一仗你打得挺漂亮啊。」

金達笑笑說：「這主要是因為有陶文副書記的大力協助，才會這麼順利。」

金達此刻還不知道他能贏，實際上是陶文釜底抽薪，阻止了秦屯的小動作的結果，他覺得雖然李濤並沒有積極競選，可是他能贏過李濤那麼多，內心實在是很可以自傲的。因此他嘴裏雖然說是有陶文和張琳的幫助才會贏，神態上卻更像是在說客套話而已。

這一切都沒逃過郭奎的眼睛，他心裏暗自好笑，這個秀才啊，剛剛有點成績就想翹尾巴了，也許你還不知道，成為市長，只不過是一個開頭，日後你要面臨的困難可要比這次的難上百倍。再說，這一次你能順利過關，也不是你自己的功勞，要是沒有老謀深算的陶文在背後護航，你還不知道要輸得怎麼慘呢。

郭奎本來想表揚一下金達，給他一點自信，沒想到這個愛將倒是自信滿滿，不需要再鼓勵了，反而讓郭奎覺得應該敲打敲打他了。

郭奎笑了笑，說：「秀才啊，你對這次李濤同志被推薦為市長候選人這件事情是怎麼想的？」

金達覺得這是郭奎在考驗自己處理政治事務的能力，便說：「我認為是一些不很熟悉我的代表們對我的不信任，不過，大多數的代表們是認同我的，所以我最後還是高票當選了。」

郭奎臉上的笑意更濃了，說：「那你覺得今後你要如何跟李濤同志共事？」

金達說：「我覺得沒什麼不同啊，我還是代市長的時候，我們的配合就很好，這種關係持續下去就是了。」

郭奎又說：「那你覺得，你們的關係沒有受到這次競爭市長的影響嗎？」

金達說：「競選過後，李濤同志專程找我談了話，說被推出來不是他的本意，我當時也跟李濤同志講，我並不介意這件事，讓他別放在心上，我們還像以往那樣，繼續搞好海川的經濟工作。」

郭奎聽了，說：「李濤同志果然比你老成。」

郭奎這句話是在誇獎李濤，而不是誇獎自己，這讓金達興奮的心情多少平靜了些，他感覺到郭奎今天叫他來，似乎並不是為了表揚他的。

金達試探著問：「郭書記，您認為李濤同志在這件事情上做得比我好？」

郭奎笑了笑，說：「你自己覺得呢，秀才？」

金達並沒有認真的去考慮過這個問題，現在想一想，似乎李濤先找他解釋就佔據了主動，自己反成了被動接受的人了，從這個角度上看，李濤是比自己做得好。

金達只得承認說：「現在想一想，李濤同志真的比我做得好。」

郭奎搖了搖頭，說：「秀才啊，你還是沒有完全進入角色啊。你已經當選市長了，就應該從一個市長的高度去考慮問題。你就沒想到，你剛跟你最主要的副手博弈過一場，他的心中會不會有什麼芥蒂？你要想人家跟你合作，搞好海川市的經濟，你作為一個市長，就不考慮做出姿態抹平你們之間的裂痕嗎？李濤同志為什麼主動跟你解釋？他就是考慮過這些，認為這可能給你們造成矛盾，不利於以後的共事才這麼做的啊！你呀，叫我說你什麼好呢？」

金達本來還覺得自己因為這場選舉得勝，有了在郭奎面前自傲的本錢了，沒想到幾句話就被郭奎打回了原形。

金達低下了頭，說：「我沒有想的那麼複雜。」

郭奎說：「沒想那麼複雜，你是市長啊，這種問題怎麼能不想的複雜一點？」

金達不說話了。

郭奎卻沒有停下來的意思，他說：「你是不是覺得這次自己是公平競爭贏了李濤同志？」

金達這時候已經不敢再自以為是了，說：「也不是，主要還是組織上的大力支持，沒有組織上的支持，我金達是沒有這種能力的。」

郭奎說：「總算你還有一點自知之明，知道這一切都離不開上面的支持。不過，你剛才說什麼『是一些不很熟悉我的代表們對我的不信任，不過大多數的代表們是認同我的，所以我最後還是高票當選了。』說這樣的話你不覺得幼稚嗎？這種場面話在會議上講講可以，在我面前還是算了吧。看來，你還沒對這次選舉中發生的事情有一個全面的瞭解，秀才，你掌控全局的能力真是很差啊。」

金達看了看郭奎，說：「郭書記，我也知道是有人在裏面搞鬼，可是我沒什麼證據，所以在您面前就不敢亂說。」

郭奎說：「是嗎？那你說說看，你覺得這件事情是誰在裏面搞鬼？」

金達說：「能玩出另行推薦候選人這一招的，應該是熟悉選舉程序的人，我覺得市委副書記秦屯很可疑，正好前段時間有一個房地產開發商因為土地糾紛被我嚴厲處分了一下，這個開發商跟秦屯的關係很好，據說那個開發商想要解套的方案也是秦屯幫他運作的。」

郭奎笑說：「秀才，看來你也不是很笨嘛。」

金達苦笑了一下，說：「郭書記，跟您說句實話，對這個官場我還真是有點害怕，很多事情我搞不明白。就像這個秦屯的事情，其實我也不敢確信，一開始我很懷疑他，到後來我當選時，又感覺秦屯似乎真心為我高興，使我又懷疑是不是看錯了他。」

郭奎笑了笑，說：「這一點你倒沒看錯他，但他真心高興是另有原因的，陶文副書記早已知道是秦屯在背後搞的鬼，因此在選舉前告誡過他，跟他說，如果你這次沒有當選，他是第一個要受處分的人。現在你明白為什麼他為你高興了吧？」

金達恍然大悟：「原來是這樣啊。」

郭奎又說：「你現在還覺得是大多數代表們都贊同你嗎？」

金達摸了摸腦袋，不好意思的說：「不覺得了，全仗陶副書記釜底抽薪，我才有機會當這個市長。」

郭奎開導著金達，說：

「秀才啊，你現在已經不是我身邊參謀的角色了，你是治理一方的市長，手裏握著一個幾百萬人的城市，這幾百萬人的命運與你息息相關，這麼大的責任需要你遇事多動動腦子。一件事情不是只有是和非的，你講求原則是不錯，可是你要審時度勢，一件好事要做成了才會是一件好事；如果事情沒做成，先把自己搭進去了，那還是等於什麼都沒有。就像你剛才說的那個地產開發商的事情，你明知道對方在海川有些勢力，也明知道自己要面臨選舉，為什麼還要用那麼嚴厲的手段去處分他？」

金達說：「我當時是覺得原則性的問題絕對不能違背。」

郭奎笑笑，說：「秀才啊，我不是讓你去違背原則，而是覺得這件事情你應該處理得更好才對，原則是要堅持，但是可以不要急在這一時啊？就算你當時找不到好的解決方案，你也可以暫時把這個問題放下來，等拖過了選舉再來處理啊？你倒好，直接處分了他，這樣就把他逼上了非跟你對立不可的境地。這些你好好想想吧。」

金達苦笑了一下，說：「郭書記您批評的對，可能是我把做學問的那一套用到了官場上，有點太迂了。」

郭奎繼續說道：「秀才啊，有一點你是要明白的，我們所身處的這個位置，是很多利益的糾葛點，很多時候，不管我們做何種決定，總是有得利的一方，相對的就會有失去利益的一方。所以我們的位置是矛盾的中心，你要想在這裏發展的好，就要善於去解決問題，而不是被問題困住。迂一點無所謂，有些時候迂不是一個缺點，很多出了事的官員，問題就在他們太過於圓滑，太過於為自己的利益考慮，從而放棄了原則。不過在迂的同時，你也要多想想，怎樣才會有利於問題的解決。這兩者是相輔相成的，你不能只考慮一方面。」

金達點了點頭，說：「我懂了，郭書記。」

郭奎看這時的金達已經沒有剛來時那種得意忘形的感覺，便知道自己對他的敲打已經夠了，他也不想過於挫傷金達的積極性，就鼓勵說：

「秀才啊，你是從我身邊出去的人，我對你的要求會嚴格些。其實呢，陶文同志對你這一次在選舉中的表現是很讚許的，他覺得你的能力和魄力都很不錯，只是政治技巧稍顯稚嫩，不過，這是需要在現實中磨練才會有的東西，別看我和陶文同志處理棘手問題來得心應手，那是我們經過這麼多年的仕途歷練才有的。所以，我對你還算是滿意的。」

郭奎總算對自己有了些認同，金達心裏輕鬆了下來，不過他也不敢再像剛才那麼自滿了，就笑了笑說：

「謝謝郭書記，今天聽您這一番教導，我真的學到了很多東西。人說：『讀萬卷書，不如行萬里路；行萬里路，不如閱人無數；閱人無數，不如高人指點。』當時我還不覺得有什麼，今天聽了您這番話，我才真正明白，這句話還真是有道理啊。」

郭奎開玩笑說：「秀才啊，學會拍馬屁了是吧？」

金達搖搖頭，說：「我是真的這麼認為的，說起來，我讀過的書雖然沒有破萬，可也是很多了，但有些道理還真是需要您這樣的高人在一旁指點才明白。」

郭奎笑了笑，說：「算你小子會說話，其實我這些經驗也是碰得頭破血流之後才悟出來的。好了，不說這些了。有件事情我要跟你說一下，省委打算讓李濤同志動一下了。」

金達問：「為什麼？我現在跟他相處的還不錯啊！」

郭奎笑說：「你不要以為我這個省委書記什麼情況都不瞭解，你送李濤出門拍了他肩膀的事，在海川政壇上傳得沸沸揚揚的，這種情況對你們搭班子很不利。」

金達忙解釋說：「那只是人們的議論，我和李濤同志可從來沒心結過，我們都很尊重對方的。」

郭奎說：「你又犯了簡單化的毛病了，無風不起浪，常務副市長對市長來說是很重要的一個助手，我可不想你們之間因為鬧矛盾影響了海川市的工作。不過，你也不要為李濤同志擔心，省委是要重用他，打算讓他出任東海省交通廳的廳長。」

金達知道交通廳相對來說也是一個很重要的部門，李濤如果出任廳長，級別上也算是上升了一格，所以他沒有理由再阻止什麼，便說：「我服從省裏的安排。」

省委公布了對李濤新的任命，李濤出任了東海省交通廳廳長。

這是一個令人大跌眼鏡的任命，原本很多人以為省裏就算動李濤，也會是貶而不會是升，更不會是交通廳這麼重要的位置。

再說李濤年紀已經快過線了，一般情況下也很難再上升了。人們對此就有了很多的猜測，很多人都覺得這背後肯定有某種交易存在，比方說李濤放棄跟金達爭市長位置，而省裏就用交通廳長的位置來酬傭他。

不過，也有不少人覺得李濤很適合省交通廳廳長這個位置，李濤為人忠厚，做事謹慎，倒正是最近接連出事的交通廳的合適的領導。

李濤成了交通廳的廳長，讓秦屯的心徹底放了下來，李濤升遷，說明省裏不會為了海川市的選舉處罰什麼官員了。

心放下來之後，秦屯心中竟然有些酸溜溜的感覺，他想得到一個正廳的位置很久了，可是費盡心機都得不到。沒想到李濤竟然這麼輕易就得到了，還是省交通廳這麼重要的位置。

李濤對自己得到這個位置也是十分的意外，他早就沒有升遷的想法了，按照過去慣例，他現在的年紀早已過了可以提拔的階段了，他早有心理準備在副市長位置上幹到退休，沒想到自己竟然因為被利用了一下，因禍得福成了廳長。

他心中未免覺得好笑，有些時候，這世界還真是奇妙，自己想要爭取的時候，怎麼努力都得不到；現在可以說是無欲無求了，竟然從天上掉了一個正廳長下來。

李濤也對能離開海川市常務副市長的位置感到高興，他多少也瞭解了一些海川政壇上對自己和金達關係不好的八卦，雖然他也知道不是事實，可是他也不得不在跟金達相處的時候更加謹慎一些，生怕某些事情處理不好，觸怒了金達。時間一長，李濤也感覺壓力很大，也就很想脫離這個尷尬的位置。

海川市領導班子盛情歡送李濤去上任，省交通廳對於海川市是很重要的一個部門，市裏面很多交通方面的事務需要交通廳的支持。再說李濤在海川市人緣本來就很好，人們對他自然是很熱情。

歡送走了李濤之後，海川又迎來了一位新的副市長。新的副市長名叫穆廣，四十多歲，來自東海省一個與海川相鄰的地級市，原來是那裏的一個縣委書記。

穆廣在做縣委書記的時候，將那個縣的GDP大大提升了一個臺階，東海省還專門成立小組總結過他的經驗，因此這個穆廣算是一個很有能力的領導幹部。

省委經過慎重考慮。決定由他出任海川市市委常委、副市長，接替李濤離開留下來的空缺。

不經意間，海川市的領導格局就有了很大的變化。

請續看《官商鬥法》十三　真相何在

官商鬥法 十二 見獵心喜

作者：姜遠方
發行人：陳曉林
出版所：風雲時代出版股份有限公司
地址：105台北市民生東路五段178號7樓之3
風雲書網：http://www.eastbooks.com.tw
官方部落格：http://eastbooks.pixnet.net/blog
Facebook：http://www.facebook.com/h7560949
信箱：h7560949@ms15.hinet.net
郵撥帳號：12043291
服務專線：(02)27560949
傳真專線：(02)27653799
執行主編：朱墨菲
美術編輯：風雲時代編輯小組

法律顧問：永然法律事務所 李永然律師
北辰著作權事務所 蕭雄淋律師

版權授權：蔡雷平
初版日期：2015年10月
初版二刷：2015年10月20日
ISBN：978-986-352-232-4

總 經 銷：成信文化事業股份有限公司
地　　址：新北市新店區中正路四維巷二弄2號4樓
電　　話：(02)2219-2080

行政院新聞局局版台業字第3595號 營利事業統一編號22759935

定價：280元　特惠價：199元

國家圖書館出版品預行編目資料

官商鬥法／姜遠方 著. -- 初版. -- 臺北市：
風雲時代，2015.01 -- 冊；公分

ISBN 978-986-352-232-4（第12冊；平裝）

857.7　　　104011822